Herbert – Wundertüte aus dem All

Axel Ulrich

Cover: Marlies Gerson

ISBN: 979-8684837838

Inhaltsverzeichnis

Kapitel 1 — Geheimagent

Die Kiste schlingert wie wild, sie rüttelt. Der Vortrieb ist weg. Plötzlich ausgefallen. So etwas passiert eigentlich nie. Ausgerechnet hier und jetzt. Er müsste dringend verschwinden, weil ihr Radar ihn erfasst hat, aber er schmiert ab. Jetzt hat er nur noch ein vorsintflutliches Segelflugzeug unter dem Hintern, und nicht mal ein gutes. Es ist dunkel draußen, nicht viel zu sehen. Er zieht vorsichtig hoch. Das war zu viel, sein Gefährt rüttelt stärker, wird langsamer. Bei weniger als dreihundert Stundenkilometer fällt es vom Himmel wie ein Stein. Auf diese Art ist er zuletzt in der Ausbildung geflogen. Er geht wieder in den Sinkflug, sieht Bäume auf sich zu rasen. Gerade so eben kann er sich darüber hinwegretten. Vor ihm liegt der See – endlich -, glänzt leicht im Mondlicht. Das ist seine einzige Chance für eine Notlandung. Sonst gibt es hier keine freien Flächen, und er braucht Platz bei dem Schwung, den er noch hat.

Den Hügel hat er geschafft. Jetzt zwingt er die Maschine in eine weite Linkskurve. Aufpassen, dass sie dabei nicht zu viel Fahrt verliert. Fast hat er schon das andere Ufer erreicht. Also zieht er sie enger in die Kurve. Sie rüttelt wieder mehr. Jetzt langsam geradeaus richten. Das Rütteln wird schwächer. Seine Hände sind feucht. Die Nase leicht nach oben ziehen und behutsam Geschwindigkeit rausnehmen. Der Anstellwinkel stimmt. Sie rüttelt wieder stärker, aber das ist jetzt egal. Noch dreißig Meter bis zur Wasseroberfläche, noch zwanzig, noch zehn. Zum Glück ist die Oberfläche des Sees spiegelglatt. Ein heftiger Schlag, als die Kiste hinten aufsetzt. Die Nase muss unter allen Umständen oben bleiben. Nach ein paar Sekunden klappt das nicht mehr. Sie klatscht voll aufs Wasser. Die Verzögerung ist gewaltig. Jetzt kann er nur noch hoffen, dass die Maschine nicht seitlich ausbricht und umschlägt. Nein, das geht gut. Er hat's geschafft.

Der Pilot schnallt sich keuchend ab, zieht sich bis auf

die Unterhose aus, stopft die Kleidung, die Schuhe und noch ein paar Sachen in einen Rucksack, öffnet die Ausstiegsklappe und ein Ventil. Die Maschine muss weg, und das geht nur, wenn sie absäuft. Er steigt auf die Tragfläche und schaut sich um, während das Wasser gurgelnd in die Kabine läuft. Schön ist es hier! Der Vollmond steht am gegenüberliegenden Ufer über dem Kegel eines erloschenen Vulkans.

Er lässt sich ins Wasser gleiten und schwimmt los. Bis ans Ufer wird er eine Weile brauchen. Die Luft ist warm und die Wassertemperatur ist angenehm. Nach ein paar Minuten hört er ein Zischen hinter sich, dreht sich um und sieht, wie die Maschine untergeht. Er schwimmt weitere zwanzig Minuten, dann hat er das Ufer erreicht. Es ist leicht bewaldet. Aus dem Rucksack holt er seine Kleider und seine Schuhe heraus, wringt die Klamotten aus und zieht sie an. Er setzt sich hin und ruht sich aus. Das war anstrengend.

Ein lautes Geräusch. Verdammt! Ein Helikopter. Das kann er nicht gebrauchen. Er marschiert zügig in nördlicher Richtung los. Der Helikopter kommt näher, aber jetzt entfernt er sich wieder.

Stur läuft er weiter. Ist schon mindestens einen Kilometer von der Stelle weg, an der er an Land gekommen ist. Der Lärm des Hubschraubers wird wieder lauter. Er bleibt stehen. Bisher ist er einen schmalen, von leichtem Baumbestand gesäumten Uferweg entlanggelaufen. Der Helikopter folgt genau diesem Weg. Mist. Vor einem Helikopter kann man nicht fliehen, und wenn die eine Wärmebildkamera an Bord haben, dann ist er geliefert. Er kennt sich mit den Dingern, die die hier haben, nicht aus. Vielleicht hilft es, wenn er ins Wasser steigt und untertaucht?

Er biegt nach rechts ab. Da steht ein Haus auf einer Lichtung. An der Eingangstür brennt Licht. Davor sind zwei Autos geparkt. Das könnte die Rettung sein. Alle Fenster sind dunkel. Ist ja auch mitten in der Nacht. Er pirscht sich zum Haus. Der Hubschrauber folgt dem Pfad, kehrt nach einer Weile um und fliegt jetzt parallel zum Ufer etwas weiter vom See entfernt zurück. Hinter dem Haus befindet sich eine Terrasse mit einem gemauerten Grill. Drunter ist Platz für Holzscheite. Halb leer. In dem Grill glüht Holz. Eine gute Wärmequelle. Er rollt sich zusammen, Kopf an die Knie, schiebt sich so weit wie möglich in das Fach für das Holz. Der Helikopter fliegt über ihn hinweg. Nichts passiert. Er atmet auf, kriecht heraus und setzt seinen Weg fort.

Schließlich gelangt er in eine kleine Stadt. Kein Mensch ist zu sehen. Da, zwei Autos kommen ihm auf der Hauptstraße entgegen. Der Pilot verbirgt sich in einem Hauseingang. Es sind zwei große, schwarze SUV. Sie rauschen in Richtung Ortsausgang an ihm vorbei.

Einen Kilometer weiter findet er einen Yachthafen. Der Hafen ist voll mit Booten, die meisten sind Segelboote. Dazwischen liegt ein offenes Motorboot. Sieht ziemlich neu aus. Auf dem Außenbordmotor steht 200. Also zweihundert PS. Der Helikopter ist immer noch in der Luft. Sie suchen da, wo er an Land gekommen ist.

Er löst die Festmacher des Bootes, lässt den Motor an, gibt behutsam Gas und fährt rückwärts aus der Box. Dann legt er den Vorwärtsgang ein und gleitet langsam auf den See hinaus. Dort dreht er auf. Es wird schon dämmrig am Horizont. Es ist kurz nach fünf Uhr morgens. Das passt.

Nach ein paar Minuten kommt der Hubschrauber sehr schnell näher. Sie verfolgen ihn. Das mit dem Boot war unvorsichtig. Sie könnten auf ihn schießen. Aber sie können ja nicht sicher sein, dass er der Gesuchte ist. Er lächelt. Doch – ein Schuss. Beim Blick nach hinten sieht er am Heck neben dem Motor ein paar Glasfasern im Wind flattern. Sie schießen auf den Außenbordmotor. Den haben sie nicht getroffen, dafür aber das Deck des Bootes. Der Motor ist schwer zu treffen. Er fährt Schlangenlinien und staunt, dass sie so weit gehen.

Er tut so, als führe er nach Iznang. Das ist ein Touristenort am Untersee, dem kleineren Teil des Bodensees. Er verlangsamt kurz vor der Steganlage, versucht, den Anschein zu erwecken, als ob er dort festmachen will. Wieder ein Schuss. Daneben. Jetzt gibt er Gas, macht eine Kurve, dreht voll auf und rast nach Radolfzell in Richtung auf den nahegelegenen Yachthafen Wäschbruck.

Als er die Mitte des Sees erreicht hat, stürzt sich der Helikopter plötzlich auf ihn herab. In der offenen Tür sitzt ein

Mann mit einem Gewehr im Anschlag. Der Hubschrauber will ihn am Weiterfahren hindern und steht quer vor ihm in zehn Metern Höhe. Er duckt sich so tief wie möglich. Jetzt ist er froh, dass er zweihundert PS zur Verfügung hat. Er macht eine Vollgaskurve links um den Helikopter herum und hält weiter auf den Hafen zu. Bis der Hubschrauber wieder Höhe gewonnen hat, ist er fast angekommen. Sie probieren es noch einmal. Dieses Mal täuscht er eine Kurve nach rechts an, und der Pilot geht ihm auf den Leim. Jetzt ein Schlenker nach links, und er ist vorbei. Er fährt viel zu schnell in den Hafen rein. Auf einem Segelboot hockt ein Frühaufsteher, schaut ihm mit offenem Mund zu. Der Mann muss die Aktion des Helikopters verfolgt haben.

Der Gästesteg ist frei. Er bindet das Boot flüchtig an, springt auf den Steg und rennt an Land. Er kommt noch mal am Frühaufsteher vorbei und der ruft ihm etwas nach, was wie *James Bond* klingt. Am Ende des Steges ist eine Tür mit einem elektronischen Schloss. Es summt und er kann die Tür aufstoßen. Dann geht er langsam die hundert Meter zum Bahnhof. Seine Kleidung ist fast trocken. Der Helikopter kreist immer noch über ihm.

Der Weg zum Bahnhof führt durch eine lange Unterführung. Vereinzelt sind schon Leute unterwegs. Er holt seine Jacke aus dem Rucksack, zieht sie an und setzt eine Basecap auf. Unwahrscheinlich, dass die ihn aus hundert Metern Höhe identifizieren können, aber er wartet ein Weilchen ab. Auf der anderen Seite hört er nichts mehr von dem Hubschrauber. Klar, dessen Zeit in der Luft ist begrenzt. Bei den meisten ist nach gut zwei Stunden Schluss.

An einem Bankautomaten in der Innenstadt zieht er sich Geld. Neugierig studiert er die Scheine, schlendert durch die Altstadt und denkt darüber nach, wie man möglichst wenig auffällt.

Zurück am Bahnhof besorgt er sich ein Ticket und fährt mit dem Zug nach Konstanz. Er wandert durch die Stadt, die ihm genauso gut gefällt wie Radolfzell. In verschiedenen Geschäften kauft er sich Kleidung und einen Rollkoffer. In einem großen Einkaufszentrum besorgt er sich Waschutensilien und nimmt sich in einem mittelgroßen Hotel ein Zimmer.

Er stellt seine Sachen dort ab und geht zu einem Elektronikmarkt in der Nähe. Da kauft er sich das schnellste Macbook, das sie haben, sowie ein Smartphone und kehrt zum Hotel zurück. Er loggt sich in das hauseigene WLAN ein und arbeitet zwei Stunden am Computer.

Am Abend begibt er sich in eine Altstadt-Weinstube. Er setzt sich an einen Zweiertisch in einer Ecke und schaut in die Runde. Sein Vorname ist Herbert. Sein derzeitiger Nachname Helmqvist. Er ist gut eins achtzig groß, siebenunddreißig Jahre alt, schlank, recht muskulös und breitschultrig. Einige der Damen in der Weinstube werfen ihm interessierte Blicke zu. Herbert hat kurze dunkle Haare, leicht lockig. Er sieht gut aus, ohne auch nur ansatzweise ein Schönling zu sein.

Einen Tag später trifft sein Pass ein. Er macht sich auf und besichtigt drei Wohnungen. Die zweite sagt ihm zu. Leider muss er noch etwa drei Wochen warten, bis er die Wohnung beziehen kann. Sie liegt am Seerhein mit einer wunderbaren Sicht auf den Fluss und die Stadt. Er freut sich darauf. Dann geht er zu einem Autohändler und kauft sich einen gebrauchten Maserati Quattroporte in einer Farbe, die Bronzo Siena metalescente heißt. Den kann er schon am nächsten Tag abholen.

So, jetzt fehlt ihm nur noch eine passende Arbeit. Er sucht mehrere Stunden im Internet und macht einen Vorstellungstermin aus.

Kapitel 2 — Bug

Immer das Gleiche. Jeden Morgen. Nein, nicht immer, aber ziemlich oft: Thomas Berbusch duscht, zieht sich an, nimmt einen Kaffee und ein Croissant, gibt seiner geliebten Ehefrau Carla ein *Wir-sind-seit-hundert-Jahren-verheiratet*-Küsschen und fährt in sein Büro. Es ist nicht weit, nur etwa zehn Minuten mit dem Auto.

Er hat eine kleine Softwarefirma mit drei Mitarbeitern. Seit zwei Wochen hängen sie bei ihrem Brot-und-Butter-Produkt — einem Programm für Handwerker — an einem Fehler fest. In dieser Branche nennt man einen Fehler bug — Käfer. Sie finden ihn ums Verrecken nicht, obwohl sie zu viert danach suchen. Das kostet ein Schweinegeld und blockiert andere Aufträge. Der Terminplan wird langsam eng.

Thomas begrüßt seine Leute und setzt sich an den PC. Sein Programm ist in C-Sharp geschrieben, einer ziemlich modernen Programmiersprache von Microsoft. Er vertieft sich in den Code, und die Sucherei nach dem bug beginnt von vorn.

Etwa eine Stunde später hört er, dass jemand das Büro betritt. Sie sind im zweiten Obergeschoss eines Bürohauses und jeder kann einfach reinmarschieren, die Tür steht meistens offen. Eine Sekretärin haben sie nicht, Anrufe werden in einem gemeinsamen Sekretariat mit den anderen Firmen im Gebäude angenommen und später beantwortet. Das lässt Ruhe zum Arbeiten. Nichts ist schlimmer, als wenn man an einem komplexen Problem hängt und ständig von Anrufen unterbrochen wird.

Schritte nähern sich.

„Herr Berbusch?"

„Genau. Herr Helmqvist?"

„Ja, Sie suchen einen Programmierer, der sich mit Sicherheitssoftware auskennt?"

„Ja, mit dieser Art Software haben wir vor einiger Zeit angefangen, weil ich meinte, eine gute Idee zu haben. Ich war früher mal bei einer Firma aus dem Bereich tätig. Aber wir kommen im Moment nicht weiter, weil wir mit unserem Haupt-Umsatzbringer an einem bug festhängen."

„Zeig doch mal das Problem – oh, Entschuldigung, ich bin Schwede und wir duzen uns ja alle."

Thomas Berbusch führt ihm den Absturz des Programms vor.

„Aha. Herr Berbusch, darf ich mal in den Quellcode reinschauen?"

„Ach, wir können auch gerne beim *Du* bleiben."

„Herbert."

„Thomas."

Helmqvist schaut auf den Monitor. „Soll ich mal?"

Sie tauschen die Plätze.

Er scrollt und scrollt, sieht sich andere Programme an und nach etwa zehn Minuten deutet er auf den Bildschirm und sagt: „Schau mal die vier Zeilen genau an."

Thomas starrt auf den Bildschirm, dann folgt eine für Softwareentwickler ganz typische Geste. Er schlägt seine Handfläche gegen die Stirn und lässt sich in seinem Sessel nach hinten sacken.

„Michael, Steffi, Robert!"

Die Gerufenen kommen.

„Wir Idioten, schaut mal."

Sie sehen kurz hin, klatschen sich auch mit der flachen Hand auf die Stirn und sagen: „Scheiße."

Thomas ändert in den vier Zeilen ein ganz klein bisschen was ab, startet das Programm, wiederholt eine Sequenz, die er schon mindestens dreihundertmal zum Testen abgespult hat, und jetzt läuft es durch. Er stößt einen tiefen Seufzer der Erleichterung aus und wendet sich seinen Mitarbeitern zu.

„So, jetzt könnt ihr wieder normal arbeiten."

Er sieht Helmqvist an.

„Du hast den Job."

„Fein, kann sofort anfangen."

„Nee, ich muss erst einen Arbeitsplatz für dich einrichten."

„Gut, Montag nächster Woche?"

„Ja, bis dann, ich freue mich."

„Ich mich auch."

Am Abend auf dem Heimweg grübelt Thomas, wie einer es schaffen kann, kurz in das Problem reinzuschauen und sofort die Lösung zu finden. Vermutlich war es purer Zufall. Sie sind ja auch keine Idioten.

Herbert war Thomas zwar auf Anhieb sympathisch, aber leichte Bedenken wegen seiner schnellen Entscheidung kommen ihm doch. Hoffentlich war er nicht zu voreilig. Zum Glück gibt es eine Probezeit. Gestaunt hat er auch über den Maserati, in den Herbert einstieg. Aber gut, so teuer ist der nicht, und tatsächlich ist es ein sehr schönes Auto. Er selbst würde sich nie trauen, so einen auffälligen Schlitten zu kaufen. Wobei das — sachlich gesehen — Blödsinn ist, die deutschen Konkurrenten sind mindestens so teuer, wirken nur deutlich biederer.

Kapitel 3 — Hacker

Pünktlich um acht Uhr am folgenden Montag rückt Herbert an. Allerdings steht er zunächst mal alleine vor der verschlossenen Tür. Muss bis neun warten. Geht zum Empfang und holt sich einen Kaffee aus dem Automaten. Stefanie kommt als Erste. Die zeigt ihm sein Büro.

Thomas erscheint etwas später und murmelt was von *nicht so der Frühaufsteher*. Sofort zeigt er Herbert sein Konzept für die neue Sicherheitssoftware. Solche Software soll eigene Computer oder Computernetzwerke vor Schadsoftware, Hackern und anderen bösen Buben schützen, die versuchen, von außen einzudringen. Es ist ein großer Markt und für sehr gute Lösungen wird sehr viel bezahlt. Thomas hat Erfahrung in diesem Metier und war auf die Idee gekommen, eine skalierbare einfache Lösung zu entwickeln. Er will es seiner früheren Firma in Frankfurt anbieten. Hat auch schon den Kontakt hergestellt.

Herbert sieht interessiert zu, stellt Fragen.

Herbert sagt: „Du bist sehr vertrauensvoll."

„Ja, und?"

„Ich könnte ein Spion sein."

„Bist du nicht."

Beide lachen.

„Stimmt. Ich bringe morgen etwas mit. Ähnliches Konzept, nur noch besser."

Thomas zieht die Augenbrauen hoch.

„Komplexe hast du keine?"

„Doch, aber nicht in dieser Beziehung

Einen Tag später sitzen sie wieder zusammen.

Herbert hackt in einem Höllentempo Code in den Computer rein. Dann entdeckt Thomas, dass er wohl auch einen Haufen Programmzeilen mitgebracht hat. Er hat gar nicht gesehen, wie Herbert die auf den Rechner übertragen hat, vermutet aber, dass er einen Stick benutzt oder was von einer eigenen Website geholt hat. Er schaut genauer hin. „Was ist das denn?"

„Tja, da guckst du, gell? Ein ganz neuer Ansatz."

Trotz stirnrunzelnder Betrachtung des Codes versteht Thomas nur Bahnhof.

„Wo hast du das her?"

„Selbst gemacht. Der generelle Stil kommt von der UNO. Für die habe ich mal gearbeitet. Wir hatten gute Leute. Solche wie mich."

Thomas war bisher nicht bewusst, dass großartige Entwicklungen in Sachen IT von der UNO kommen.

„Wow, kann man diesen Stil lernen?"

„Habe ich ja auch gelernt."

„Vielleicht bin ich ja zu doof dafür."

„Glaube ich nicht", meint Herbert grinsend und setzt hinzu: „Ich kann es dir beibringen. Damit ist man um Faktoren schneller als mit der traditionellen Methode und du kannst viel mehr machen."

Nach einer Stunde ist Thomas schwer beeindruckt.

„Dagegen ist das Zeug auf dem hiesigen Markt Kinderkram. Und ich habe es alleine gebaut. Bei den anderen stecken ganze Hundertschaften von Programmierern dahinter", sagt Herbert.

„Was meinst du mit hiesig?"

„Das, was in den USA, Europa und China angeboten wird."

Er bezeichnet das Quasi-Gesamtangebot der Welt als hiesig. Seltsam.

„Würdest du es verkaufen wollen?“, fragt Herbert.

Thomas sieht ihn zweifelnd an. „Na ja, du hast es ja nicht in deiner Arbeitszeit gemacht, also gehört es dir.“

„Nimm darauf keine Rücksicht. Ich entwickle am liebsten nur.“

Das wiederum kann Thomas gut verstehen. Und so verbringen sie den Rest des Tages damit, dass Herbert versucht, Thomas in diese völlig neuartige Programmierung einzuführen. Thomas hat gedacht, nach ein paar Stunden sei er schlauer. Dem ist aber nicht so. Am Abend kommt er sich blöder vor als am Morgen.

Am dritten Tag beginnt Thomas, ein ganz klein wenig zu kapieren.

Herbert schlägt vor, mal den Markt zu testen. „Das Ding sollte weggehen wie warme Semmeln. Hast du eine Idee, wie wir weiterkommen?“

Thomas hat eine Idee. Am nächsten Morgen ruft er Roland an, einen Freund bei seinem ehemaligen Arbeitgeber in Frankfurt.

„Was verschafft mir die Ehre?“

Thomas erklärt ihm, er habe per Zufall einen absoluten Superexperten für Sicherheitssysteme aufgetan. Ob er den zu einer Präsentation mitbringen dürfte.

„Aber sischer“, kommt in breitem Hessisch zurück. „Wenn‘s was taugt, könnt ihr sofort bei uns anfangen.“

Thomas klärt ihn darüber auf, dass sie nicht bei ihm anfangen wollen, sondern dass sie ein absolut einmaliges System hätten, das sie ihm zum Weiterverkauf anbieten wollten.

„Ei des is auch gut.“

Die Frankfurter Firma hat rund hundert Mitarbeiter. Thomas weiß, dass sie in der Chemie- und in der Pharmaindustrie ziemlich gut im Geschäft sind. Sie verabreden sich für Dienstag.

Herbert fährt am Montagabend zu Thomas rüber, sie rauschen

mit dem Maserati nach Frankfurt und übernachten in einem Hotel. Am Dienstagmorgen unterhalten sie sich in Rolands Büro über die tiefsten Tiefen von IT-Sicherheitssystemen. Thomas muss einsehen, dass sein Wissen ein wenig veraltet scheint.

Eine Stunde später sitzt Herbert am Computer, Roland neben ihm. Herbert hackt wieder wie ein Wahnsinniger Codezeilen in die Kiste und Roland schaut gebannt zu. Als Herbert fertig ist, schüttelt Roland den Kopf und dreht sich zu Thomas um.

„Mann, Mann, Mann! Das ist toll." Und zu Herbert gewandt: „Wann kannst du bei uns anfangen?"

„Gar nicht, ich mache das mit Tommy zusammen, aber wir beliefern euch gerne mit den Modulen."

„Stimmt, das hat Tommy erwähnt", sagt Roland. „Egal, Hauptsache, wir bekommen das. Ihr macht mit uns einen Vertrag. Ich will das exklusiv – zumindest für Hessen."

„Damit sind wir einverstanden. Wir möchten auch nicht in Frankfurt, sondern am Bodensee arbeiten", antwortet Herbert.

„Wenn du so was fertigbringst, kannst du von mir aus auf einem anderen Planeten arbeiten", meint Roland. Er schüttet sich aus vor Lachen. „Ihr müsst noch bis morgen bleiben. Ich habe eine ganz dringende Anfrage von einer Chemiefirma namens Meyers-Rocke. Die ist als Test für euch wie geschaffen."

Roland greift zum Telefon und ruft an. Das Gespräch fällt kurz aus. „Morgen früh", verkündet er. „Um neun Uhr."

Am nächsten Morgen bei Meyers-Rocke erklärt Roland das System und führt die erste Testversion auf seinem Notebook vor. Er macht das sehr gut.

Manfred Kronental, der IT-Sicherheitschef von Meyers-Rocke, bekommt große Augen. „Funktioniert das wirklich?"

„Probieren Sie es doch."

„Moment." Er geht zu einem Kollegen und sie diskutieren kurz. Der telefoniert. Er erklärt Thomas und Herbert, dass eine Firma für sie Hacker-Angriffe auf ihr System durchführt, um dessen Sicherheit zu testen.

„Das sind natürlich Chaoten und die sollten längst hier sein. Wenn die nicht so gut wären, würden wir schon lange nicht mehr mit ihnen arbeiten." Er bittet die drei, auf die Leute zu warten, dann würden die versuchen, eine Sicherheitslücke in Herberts System zu finden.

„Ich muss Sie vorwarnen, dass sie bisher an allem vorbeigekommen sind."

„An unserem Programm werden sie sich die Zähne ausbeißen", meint Herbert gelassen. Thomas ist sich da nicht so sicher, willigt aber ebenfalls ein.

Während sie Kaffee trinken, installieren die IT-Leute von Meyers-Rocke das Testsystem.

Nach zwanzig Minuten kreuzen zwei wirklich schräge Typen auf, unrasiert, lange Haare, einer mit Holzfällerhemd, der andere mit einem schmuddeligen T-Shirt, unter den Armen Notebooks und Schweißflecken. Sie entschuldigen sich, faseln etwas von Stau.

„Früher aufstehen, Jungs", müssen sie sich anhören.

Sie geben keinen Kommentar ab, klappen die Rechner auf, loggen sich ein und legen los. Herbert grinst die ganze Zeit.

„Keine Chance", sagt er zu Thomas.

Eine Stunde später schüttelt der mit dem Holzfällerhemd den Kopf.

„Auf den ersten Blick nichts zu machen, wir werden das aber weiter probieren", sagt er zu Kronental. „So auf die Schnelle sieht es sehr gut aus. Wer hat das programmiert?"

Kronental zeigt auf Herbert.

Herbert strahlt die beiden an.

„Wie hast du das gemacht?"

Sie vertiefen sich in ein Insider-Gespräch. Der zweite tritt hinzu und stellt sich mit Peter vor. Der andere sagt, er heiße Till, und auch Herbert stellt sich vor.

Kronental fragt Roland nach den Kosten. Der sieht Thomas an. Er ist überrascht. Das haben sie ganz vergessen. Ist aber auch zu dumm. Sie ziehen sich in eine Ecke des Großraumbüros zurück. Roland meint, die Firma bezahle im Jahr etwa hunderttausend Euro für Service und Updates an sie.

„Wie viel möchtest du dafür, Thomas?"

Herbert hat sein Gespräch mit dem Holzfällerhemd und dessen Kollegen beendet und ist dazugestoßen. Thomas schaut Herbert fragend an.

„Hundertvierzigtausend. Die guten Systeme sind alle so teuer", meint Herbert, ohne mit der Wimper zu zucken.

Roland wirkt wenig geschockt. Er winkt Kronental her und teilt ihm mit, es koste hundertachtzigtausend.

Herbert sieht Thomas fragend an.

„Er muss ja auch was dran verdienen", flüstert der.

Manfred Kronental zuckt sichtlich zusammen, meint dann aber, bei diesem Betrag brauche er eine Vorstandsentscheidung und die könne er erst nächste Woche haben, und außerdem müssten sie es ja auch noch testen.

„Ach, gar kein Problem, da kommen wir gerne noch mal", antwortet Herbert fröhlich. Und so fahren sie wieder nach Hause.

Am Abend erzählt Thomas seiner Frau Carla von der Präsentation in Frankfurt und er schildert ihr seine Bedenken. Das Sicherheitssystem sei ja in der Form nicht seine Entwicklung. Bei solchen Dingen habe er immer schnell das Gefühl, ein Abstauber zu sein, sich mit fremden Federn zu schmücken. Er weiß genau, dass Carla diese Eigenschaft an ihm mag.

Zu seiner Überraschung sagt Carla: „Ach was, sei nicht zu kritisch mit dir. Genieße es, wenn dir auch mal etwas in den Schoß fällt."

Da ist er platt. Aber hundertprozentig überzeugt ist er nicht.

Carla will wissen, was er von Herbert halte. Er habe schon so viel von seinen phänomenalen Fähigkeiten geschwärmt.

„Ich kann mir keinen Reim darauf machen, was so eine Koryphäe bei mir kleinem Krauter will. Der würde eher zu Google passen oder zur NSA."

„Das finde ich auch seltsam. Weißt du was? Ich komme mal vorbei, um diesen Wunderknaben kennenzulernen."

„Aber nicht zu sehr, ja?" Sie sind zwar seit mehr als fünfundzwanzig Jahren verheiratet, doch er ist immer noch eifersüchtig.

Kapitel 4 — Hirnriss

Sam Borgani ist wieder in Bern. In der US-Botschaft. Jeder weiß, dass eine gewisse Anzahl der Botschaftsmitarbeiter für die CIA arbeitet. Ab und zu arbeitet die CIA auch für andere Behörden oder das Verteidigungsministerium, das im Pentagon residiert. Aber offiziell hat er natürlich eine ganz harmlose Jobbeschreibung.

Er ist immer noch genervt vom gestrigen Tag. Zuerst mussten sie mitten in der Nacht plötzlich zum Flughafen rasen. Dann haben sie am Bodensee nach jemandem gesucht, der angeblich abgestürzt sei. Ewig sind sie hin und her geflogen. In der Morgendämmerung haben sie ein Boot gesichtet, das aus einem Hafen rausfuhr. Aber keiner wusste, ob das der Gesuchte war. Auf die Ferne hat dieser Mann aber ganz normal gewirkt. Ihm, Borgani, haben sie die Knarre in die Hand gedrückt. Er sollte ihn stoppen. Aber er hat danebengeschossen. Absichtlich.

Und danach hat der Heli-Pilot angefangen zu zetern, dass ihm der Sprit ausginge. Das hätten sie sich vorher überlegen sollen. Idioten.

Hoffentlich kommen die nicht so bald wieder mit solch dummen Ideen an. Er ist schon ewig dabei, über zwanzig Jahre. Hat schon alles mitgemacht. Viele bescheuerte Aktionen. Jetzt geht er stracks auf die sechzig zu und wartet auf die Rente. Er zählt nicht mehr die Jahre, sondern die Monate. Und er wartet auf den Zeitpunkt, ab dem er die Wochen zählen kann. Danach werden es die Tage sein. Darüber hat er schon oft nachgedacht. Ob man jemals die Tage zählt? Vermutlich schon.

Irgendwie findet er das alles idiotisch. Einen Job zu machen, den man für bescheuert hält, nur um die Pension nicht zu gefährden. Bei einem Verein, der ihm schon lange stinkt. Aber was soll er in seinem Alter sonst machen? Früher war er motiviert. Hat irgendwie an die ganzen Sachen geglaubt. Mittlerweile sieht er das differenzierter. Diese US-amerikanische Arroganz, diese eingebildete Überlegenheit. Dabei haben die meisten US-Bürger ihr Land noch nie verlassen, glauben nur, dass sie dem Rest der Welt überlegen sind. Er hat schon an vielen Orten gelebt. Peru, Indonesien, Neuseeland, Frankreich und jetzt in der Schweiz. Dabei hat er viel gelernt. Seine Frau ist Französin. Er findet nicht mehr, dass sie allen anderen Nationalitäten überlegen seien.

Und die ganzen hirnrissigen Aktionen der CIA. Das meiste hat nichts gebracht. Deshalb hält er schon lange nicht mehr auf Leute drauf. Dabei könnte er es. Hat er in Kuwait gelernt. Das ist schon länger her.

Kapitel 5 — Primaner

Zwei Tage später kommt Carla ins Büro. Einfach so. Schneit am frühen Nachmittag rein und bringt Käsekuchen für alle mit. Thomas sitzt mit Herbert zusammen. Sie begrüßt den Neuen lachend und sagt: „Sie sind also der Wunderknabe!"

Herbert errötet. Gibt ihr linkisch die Hand. Herbert sieht zwar aus wie ein Womanizer, benimmt sich aber jetzt gerade wie ein Schulbub. Er wird rot und stammelt irgendwas. Carla lässt ihn in Ruhe und bringt Teller für den Kuchen. Allmählich entspannt sich Herbert wieder.

Als Thomas an diesem Abend früh nach Hause kommt, meint Carla: „Wenn du mich fragst, ist Herbert völlig unerfahren im Umgang mit Frauen. So benehmen sich höchstens Fünfzehnjährige."

„Vielleicht weil er Schwede ist?"

„Nee, kann ich mir nicht vorstellen. Die sind doch ziemlich locker drauf. Er ist sehr sympathisch, sieht gut aus, aber irgendetwas stimmt definitiv nicht mit ihm. Wie alt ist er eigentlich?"

„Siebenunddreißig."

„Ich hätte ihn höchstens auf Anfang dreißig geschätzt."

„Bei der Arbeit wirkt er nicht im Mindesten unerfahren."

„Glaube ich dir. Ist ja nicht schlimm. Ach, vielleicht ist er Frauen gegenüber einfach nur schüchtern, oder er ist schwul." Sie schüttelt entschieden den Kopf. „Nein, sicher nicht."

Thomas hat immer schon über die weibliche Fähigkeit gestaunt, schwule Männer zu erkennen. Nicht, dass er was gegen Schwule hätte. Überhaupt nicht. Sein Mitarbeiter

Robert ist schwul. Und er mag ihn sehr. Er hat es erst gemerkt, als Robert seinen Freund zum obligatorischen Weihnachtsessen mitgebracht hat. Tja, Carla hat da ganz andere Antennen.

Thomas ist neunundvierzig Jahre alt und hat Informatik studiert. Nach vier Jahren bei verschiedenen Softwarefirmen hat er sich mit dreißig selbstständig gemacht. Am Anfang war es nicht leicht. Er hat sich mit Auftragsprogrammieren von Monat zu Monat durchgehangelt. Dann ist er an einen Heizungsbaubetrieb gekommen, der eine Branchensoftware brauchte. Für den hat er sich richtig ins Zeug gelegt, und es ist ein gutes Paket entstanden, das er zu einer Lösung für verschiedene Handwerksbereiche ausgebaut hat. Sie haben mittlerweile Hunderte Lizenzen verkaufen können plus Wartungsverträge.

Thomas ist etwa eins achtzig groß und war schon mal schlanker. Er muss aufpassen, dass er nicht zu viel zulegt. Aber da ist Carla schon hinterher. Seine ehemals dunklen Haare werden heller, grauer.

Carla ist eine attraktive Brünette mit ziemlich kurzen Haaren. Gut eins siebzig groß. Der etwas kurvige Typ, aber sehr sportlich.

Sie haben sich während des Studiums am Münchner S-Bahnhof Donnersberger Brücke kennengelernt. Sie stand da und wartete auf die Bahn so wie er auch. Er schaute hin und wieder weg und wieder hin und fand, dass sie unverschämt gut aussah. Als sie irgendwann zurückguckte, hat er seinen ganzen Mut zusammengenommen, kurz gedacht, er habe ja eigentlich nichts zu verlieren, ist zu ihr gegangen und hat sie gefragt, ob sie schon eine Einladung zum Abendessen habe. Sie hat gelächelt und gesagt: „Nein, aber ich hätte gerne eine."

Carla ist Lehrerin, das ist für jemanden mit unsicheren Einkommensverhältnissen wie ihn ein unschätzbarer Vorteil. Er liebt sie nicht nur wegen ihrer inneren Werte, sondern auch, weil sie toll aussieht, und das auch im Bikini oder gar ohne, sich aber überhaupt nichts darauf einbildet. Und er liebt sie, weil sie sich meistens grandios verstehen und weil sie mutig ist und fleißig. Ach, es gibt sicher noch einen Haufen andere Gründe.

In einer der nächsten Nächte liegt Thomas eine ganze Stunde wach. Unter Schlaflosigkeit leidet er eigentlich nur, wenn er Probleme in der Firma hat, zu wenig Aufträge oder Schwierigkeiten mit Kunden. Aber zurzeit läuft es fantastisch, und jetzt noch dieser Glücksfall mit Herbert. Ja, dieser Herbert hat schon einige Besonderheiten … Seltsamer Typ … Aber sein Programm ist einfach genial … Wenn sie tatsächlich solche Preise durchsetzen können … Und so reiht sich Gedanke an Gedanke, obwohl er versucht, sie abzustellen.

Als er die Kirchenglocke zwei Uhr schlagen hört, besinnt Thomas sich auf einen Trick, der angeblich vom US-Militär stammt und der bei ihm zuverlässig funktioniert. Er entspannt bewusst seine Muskulatur, vor allem die im Gesicht. Und so ist er nach ein paar Minuten weggedämmert.

Am nächsten Morgen hat Thomas beim Duschen eine Idee. Sie werden Herbert demnächst zum Abendessen einladen. Vielleicht finden sie ja gemeinsam heraus, was es mit ihm auf sich hat. Er klärt es mit Carla ab und, im Büro angekommen, fragt er Herbert. Der sagt sofort zu, und Thomas hat nicht den Eindruck, dass ihm das in irgendeiner Weise unangenehm ist. Oder er lässt es sich einfach nicht anmerken.

Kapitel 6 — Williams

Am Freitagabend steuert Herbert seinen Maserati bei Carla und Thomas in die Einfahrt. Vor ein paar Jahren haben die beiden sich oberhalb des Sees ihren Haustraum erfüllt – so etwas Weißes in der Form eines Schuhkartons mit viel Glas. Am Anfang haben sie sich immer vor Glück in den Arm gekniffen, wenn sie ihr Haus erblickten. Damals ging es räumlich noch etwas enger zu, aber seit ihre beiden Kinder Ralf und Lisa ausgezogen sind, ist es auch vom Platz her sehr üppig.

„Na, Herbert, da bist du ja mit deiner Angeberkarre", begrüßt ihn Thomas launig.

Der so Angesprochene lächelt gequält. „Neidisch, was?"

„Schon ein bisschen. Ich schau mir mal die Preise an."

„Ach was, gebraucht gekauft. Ist auch nicht teurer als deiner."

Thomas bittet ihn herein. Carla begrüßt Herbert mit dem obligatorischen Bussi, Bussi. Diesmal scheint ihn das nicht aus der Ruhe zu bringen. Sie hat drei Gänge gezaubert, nicht überkandidelt, aber sehr lecker. Thomas übernimmt den Nachschub mit Wasser und Wein. Und Herbert langt wacker zu. Thomas staunt. In der Küche stehen schon drei leere Weinflaschen, und er und Carla haben sich ziemlich zurückgehalten.

Carla flüstert ihm in der Küche zu: „Jetzt wirkt er schon wieder wie ein Primaner. Weißt du noch, als Ralf das erste Mal besoffen war?"

Thomas nickt grinsend.

Zurück am Tisch sagt er: „Herbert, mir ist immer noch schleierhaft, wie dein Programm funktioniert. So etwas habe ich noch nie gesehen, und ich denke, ich bin technisch ziemlich auf der Höhe. Du könntest bei Google eine große

Nummer werden oder bei der NSA."

Er macht absichtlich eine längere Pause. Herberts Augen flackern leicht, sie sind nicht mehr so koordiniert wie im Normalzustand, der Blick gleitet durch den Raum. Er brummt etwas, das keiner versteht.

„Möchtest du ein Schnäpschen?"

Herbert schaut auf und nickt. „Ja, gerne."

Thomas holt eine Flasche Williams-Christ aus dem Schrank im Wohnzimmer. Füllt zwei ein und stellt eines vor Herbert ab. Das andere platziert er vor sich. Carla trinkt keinen Schnaps.

„Mann, Herbert, verrat uns dein Geheimnis. Wir sind die Guten. Sag es dem Onkel."

Carla schaut Herbert interessiert an.

„Ich bin ein Extraterrestrischer", nuschelt Herbert.

„Was?"

„Ja, ich komme aus dem All. Jetzt kennt ihr die ganze Wahrheit."

„Ein Witz?"

„Nein. Ich arbeite für unser Außenministerium – Abteilung Entwicklungshilfe."

„Also nix mit der UNO und so. Alles gelogen?"

Herbert nickt. Aber dann fallen ihm die Augen zu. Carla sitzt neben ihm und kann gerade noch seinen Kopf vor dem Aufprall auf der Tischplatte bewahren, indem sie ihre Hände darunter hält. Gemeinsam bugsieren sie Herbert in das Gästezimmer. Zum Glück ist es im Parterre.

„Für künftige Fälle dieser Art werde ich mir eine Sackkarre zulegen", sagt Thomas zu Carla. Die lacht nur. Sie legen ihn ins Bett und Thomas zieht ihm die Schuhe und die Hose aus. Dann deckt er ihn zu und denkt, wenn er ihm jetzt noch ein Küsschen geben würde, könnte er ihn auch adoptieren. Er muss selbst lachen.

„Das ist doch alles Unsinn. Der ist ja so was von besoffen."

„Tommy, ich kann mir das auch nicht vorstellen. Der will uns doch auf den Arm nehmen, oder?"

„Verträgt nichts."

Am nächsten Morgen schleicht ein überaus schuldbewusst dreinblickender Herbert durch ihr Haus. Er kriegt noch einen starken Kaffee und einen Zwieback verabreicht. Mehr verträgt sein angeschlagener Magen nicht. Dann trollt er sich mit seinem italienischen Hobel.

Thomas ruft ihm hinterher: „Pass auf, dass du in keine Kontrolle kommst, jede Menge Restalkohol."

Herbert dreht sich kurz um und lächelt gequält.

Kapitel 7 — Schachteln

Am Montag entschuldigt sich Herbert im Büro wortreich bei Thomas.

Thomas legt ihm den Arm um die Schultern.

„Auf deinem Planeten gibt es vermutlich nichts zu saufen und daher haut es bei dir unheimlich rein. Habe die Flaschen gezählt, war eine ganze Menge. Mach dir keine Gedanken."

„Aber es ist mir so peinlich."

„Ist ja nichts passiert. Außer, dass du glaubst, du seist ein Außerirdischer."

Er schüttet sich aus vor Lachen. Herbert sieht ihn streng an.

„Das war kein Witz. Ich rufe euch heute Abend an, ihr müsst euch etwas im Fernsehen anschauen. Danach werdet ihr mir glauben." Beleidigt verschwindet er in seinem Büro.

Und tatsächlich, er ruft am Abend um acht Uhr an.

„Macht mal die Tagesschau an."

Machen sie. Man sieht einen staubigen Platz, auf dem ein ziemlich heruntergekommenes Frachtflugzeug mit offener Klappe steht. Sieht nach Afrika aus. Hinter der Klappe fährt gerade ein völlig verdreckter Gabelstapler mit einer Palette davon. Dann schwenkt die Kamera auf den Reporter, der die übliche Journalisten-Kluft in diesen Breitengraden trägt – beige Hose, beiges Hemd mit zusammen etwa zwanzig Taschen. Er bellt in sein Mikrofon.

„Meine Damen und Herren, Sie sehen hier die Auswirkungen einer echten Wende. Die Vorstände der größten internationalen Pharmaunternehmen haben beschlossen, bestimmte Medikamente wie die Antibabypille kostenlos in die ärmsten Länder der Welt zu liefern, die gleichzeitig das höchste Bevölkerungswachstum aufweisen."

Im Hintergrund sieht man, wie Frauen vor einem Haufen Pappkartons stehen und einem Mann kleine Schachteln aus den Händen reißen. Irgendwann geht er dazu über, die Schachteln einfach den Frauen zuzuwerfen.

Thomas macht die Glotze leiser und fragt den am Telefon wartenden Herbert:

„Und was hast du damit zu tun?"

„Ich habe mich in die IT der großen Pharmafirmen reingeschmuggelt und Bestellungen erzeugt. Angefangen habe ich mit Loropharma. Mensch, das hat mich das halbe Wochenende gekostet. Ich hatte ja keine Ahnung, wie das hier so gemacht wird. Ich hab's so hingedreht, dass die Bestellungen angeblich von Pharma-Großhändlern kamen, und jetzt werden sich die Hersteller und die Händler einen beinharten Krieg liefern, aber ich habe dafür gesorgt, dass die Hersteller verlieren. Gleichzeitig habe ich bei den Nachrichtenagenturen die Meldung darüber zusammen mit den Ankunftszeiten der Flugzeuge verbreitet. Die Lieferungen habe ich gut verteilt. Jetzt kommt die Ware an und die Frauen sind tatsächlich da. Da war ich mir nicht sicher. Ich habe das über Frauenorganisationen gestreut und es hat sich verbreitet wie ein Lauffeuer."

„Und wie bist du in die IT reingekommen?"

„Ach, da bin ich ziemlich begabt. Ich knacke jeden Computer und jedes Netzwerk. Ich habe eine Milliarde Pillen an zehn Millionen Frauen liefern lassen, und ich überlege gerade, wie ich das am Laufen halte. Diese Pharmafirmen machen unanständig hohe Gewinne – achtzig Milliarden Umsatz, fünfzehn Milliarden Gewinn, und dann denken diese Schlipsträger nur darüber nach, welchen Konkurrenten sie schlucken können. Und wenn sie Pech haben, hat der noch mehr Geld flüssig als sie selbst und schluckt sie."

„Herbert, was kostet die das? Werden die Firmen daran nicht zugrunde gehen?"

„Ach was. Die Pillen kosten pro Frau und Monat etwa sieben Euro, und da verdienen die ungefähr die Hälfte dran. Wenn die also fünfzig Millionen Schachteln selbst bezahlen müssen, sind das so um die hundertfünfzig Millionen Euro.

Thomas, das ist insgesamt nur ein Prozent des Gewinns von einer einzigen Firma. Peanuts."

„Hm. Ich wette, das läuft jetzt von selbst weiter. Da kannst du dich getrost zurücklehnen."

„Wieso?"

„Na, in den Vorständen aller Pharmafirmen herrscht helle Aufregung. Die können gar nicht mehr zurück. Die müssten doch vor einer Kamera zugeben, ätsch, das war nur ein Scherz. Wir rücken von unserem tollen Gewinn nix raus, wir wollen auf unserem Geld hocken bleiben. Herbert, das können die nicht."

„Das verstehe ich nicht."

„Wenn einer von denen das jetzt rückgängig machen würde, würde das unter Garantie dem Image der Firma so sehr schaden, dass der Umsatz total einbricht. Das können die sich nicht leisten."

„Wenn das stimmt, dann ist das doch gut – oder?"

„Ja, natürlich ist das gut." Thomas sitzt da und reibt sich die Augen. Kann es sein, dass es so einfach ist, Veränderungen durchzusetzen?

Im Fernseher läuft jetzt ein Interview mit einem Vorstandsmitglied eines Frankfurter Pharmaunternehmens. Er verkauft die Sache als wohlüberlegte Hilfsaktion und er lügt gut. Man könnte denken, diese Firmen würden von lauter Gutmenschen geleitet.

Das müssen Thomas und Carla erst mal sacken lassen. Ist Herbert also tatsächlich ein Alien? Oder eben doch nur ein verdammt guter Hacker.

Vielleicht ist er aber auch durchgeknallt?

Kapitel 8 — Fracht

Im neunzehnten Stockwerk eines gigantischen Frankfurter Hochhauses sitzen vier Männer in einem Büro – ein bulliger Endfünfziger mit vollem Haar hinter einem großen Schreibtisch aus Mahagoni, drei jüngere davor. Der hinter dem Tisch fixiert die drei abwechselnd und sagt: „Was soll das?"

„Wissen wir nicht", antwortet einer.

„Das kann doch nicht wahr sein", brüllt der hinter dem Tisch. „Großhändler bestellen für über zehn Millionen Ware und hinterher waren sie es gar nicht. Da stinkt irgendwas gewaltig zum Himmel. Das muss doch nachvollziehbar sein. Was macht ihr IT-Fritzen eigentlich den ganzen Tag, wozu werdet ihr bezahlt?"

„Chef, bitte beruhigen Sie sich, das bringt doch nichts."

„Was? Jetzt werden Sie auch noch frech?"

„Lassen Sie uns mal erzählen, was wir so weit in Erfahrung gebracht haben."

„Ja, darum würde ich doch sehr bitten."

„In unserem System sind Bestellungen über etwa zehn Millionen drin, die angeblich ein Mitarbeiter geprüft und freigegeben hat, der an dem fraglichen Tag gar nicht da war. Außerdem haben wir festgestellt, dass es für den Versand Buchungen von Frachtflugzeugen auf unsere Rechnung …"

„Was?"

„Also, das hat alles reibungslos geklappt …"

„Wie nennen Sie das – reibungslos?"

„Die Aufträge waren da, und die wurden halt abgewickelt. Wir nehmen an, da hat sich irgendwer bei uns ins System reingehackt und dann ist es eben passiert. Derjenige war jedenfalls sagenhaft gut."

„Wisst ihr eigentlich, was das für uns bedeutet? Ich sehe im Moment keinen Weg, das je wieder zurückzunehmen – so ein verdammter Mist."

Eine dunkelhaarige Frau betritt den Raum. Man könnte sie auf gut vierzig schätzen. Alle vier Männer verstummen augenblicklich. Der hinter dem Schreibtisch blickt sie fragend an.

„Was hältst du davon?"

„Ihr sprecht von der Afrika-Affäre?"

„Genau."

„Ich finde das sehr gut. Ihr scheffelt Geld wie die Irren, und jetzt werdet ihr endlich mal gezwungen, was davon abzugeben. In neun Monaten werden die Geburtenraten in den Ländern, die ihr netterweise beliefert, zurückgehen und in einigen Jahren werden sich dort die Probleme der Bevölkerung ein wenig entspannen und du" — dabei sieht sie der leicht angegrauten Gestalt hinter dem Mahagoni-Tisch direkt in die Augen — „hast endlich mal etwas wirklich Gutes getan. Leider seid ihr nicht von alleine darauf gekommen. Aber jetzt solltet ihr wenigstens versuchen, davon zu profitieren. Springt auf den fahrenden Zug auf, pflanzt eure Hintern in den Learjet, stellt euch in Afrika vor euren Pillenschachteln auf und macht endlich mal gute Werbung. Meine Herren, ich habe gesprochen."

Sie verbeugt sich und verschwindet.

„Sie hat leider recht – wie meistens. Leute, Julia Berkentals Wille geschehe auf Erden wie im Himmel. Amen. Die Sitzung ist geschlossen. Aber", zischt er, „ich will wissen, wer das war, also sucht mir den besten Privatdetektiv, den es gibt. Und außerdem will ich ein neues System für IT-Sicherheit. Ich will das beste, und zwar dalli, dalli."

Der Learjet ist drei Stunden später in der Luft, und zwar mit der Compliance-Vorständin Julia Berkental an Bord. Ihr Job ist es, dafür zu sorgen, dass ihr Unternehmen Gesetze, Richtlinien sowie jede Art von freiwilligem Kodex einhält.

Sie werden in der nächsten Vorstandssitzung mit den Juristen diskutieren, ob man die Polizei einschalten muss. Aber der Chef hat eher keine Lust dazu.

Es kommt so wie von Thomas vorausgesehen – die Vorstände der größten Pharmaunternehmen überbieten sich gegenseitig in Sachen Hilfsbereitschaft für arme Länder. Nachdem einer das Ganze in seine Werbung aufgenommen hat, ziehen alle anderen nach.

Kapitel 9 — Stronzo

Luigi Borgametti sitzt auf der Terrasse seines Hauses in der Gegend von Trapani auf Sizilien und ist zornig, sehr zornig. Er hat in kürzester Zeit vierzehn Millionen verloren. Das ist viel Geld – auch für ihn und die famiglia.

Vor gut zwei Jahren hat er in eine Firma in South Carolina drei Millionen investiert, weil Giovanni, einer seiner Neffen, dort Mitglied im Board of Directors war. Anlässlich eines Besuchs bei den Borgamettis in Trapani hat der ihm vorgeschwärmt, wie mies die Aktie der Firma damals bewertet gewesen sei und was sie gerade Tolles entwickelt haben. Nachdem Giovanni ihm was von einer genialen Kombination aus Gentechnik und darauf abgestimmtem Dünger für ganz spezielles Saatgut berichtet hat, ist die Entscheidung gefallen. Sie haben in der Schweiz fünf Millionen gewaschen. Drei Millionen davon haben sie in dieses vielversprechende Unternehmen gesteckt. Tatsächlich ist die Saat prächtig aufgegangen, und die Aktie hat sich sehr gut entwickelt. Luigi hat so aus den drei Millionen etwa fünfzehn gemacht.

Da er einen größeren Anteil der Aktien besessen hat, ist er auf den cleveren Gedanken gekommen, Giovanni über die Kunden und Lieferanten des Unternehmens zu befragen. Und siehe da, die haben unter anderem Phosphate aus Kolumbien bezogen. Das war ja fast zu schön, um wahr zu sein.

Also hat Luigi seinem großen Organisationstalent freien Raum gelassen. Die Kolumbianer haben ab und an etwas Koks in den Transportfässern für die Phosphate in die USA geschmuggelt. Die Leute am Ausgangshafen und beim Zoll in Kolumbien hat man unter Kontrolle gehabt genau wie die in Charleston in South Carolina. So ist das Zeug unbehelligt nach Florence gekommen und von dort aus weiter verteilt worden. Luigi hat Giovanni sanft zur Mitarbeit gezwungen. Der hat bei dem Unternehmen einen guten Job gehabt und wollte mit dem ganzen kriminellen Mist eigentlich gar nichts zu tun haben. Er hat bald zutiefst bereut, seinen Onkel zum Einstieg in das

Unternehmen bewegt zu haben.

Luigi ist ein Synergie-Freak. Er muss immer alles rausholen, was drin liegt. Einfache Wertsteigerung durch Aktienbesitz ist ihm zu wenig.

Vor ein paar Tagen hat Luigi erfahren, dass eben dieses Unternehmen – Dwellin Agrochemicals – Opfer eines Whistleblowers geworden ist. Giovanni hat angerufen und ihm hastig berichtet, dass sich die Aktien im freien Fall befänden und er sie sofort verkaufen solle. Daraufhin hat Luigi die Aktien abgestoßen, aber es war zu spät. Nicht mal mehr eine Million hat er bekommen. Eigentlich haben sie gut zwei Millionen verloren, aber gegenüber dem gefühlten und erlebten Wert von fünfzehn Millionen sind nun vierzehn beim Teufel. Klar, sie haben noch viel mehr Millionen, aber darum geht es nicht. Und jetzt will er den Schuldigen für diese Katastrophe, den Whistleblower. Er will nicht nur den Kerl, sondern dessen Kopf, und das ist bei ihm nicht einfach nur so ein Spruch. Wenn Luigi sagt, *Köpfe rollen*, meint Signore Borgametti das auch so.

Zunächst – so erzählte Giovanni – hat eine Regionalzeitung von steuerlichen Unregelmäßigkeiten bei Dwellin Agrochemicals berichtet. Es hat ein paar kurze Meldungen gegeben, später Details über steuertechnische Tricks, über Delaware-Firmen und über durch Verrechnungspreise nach Dubai verschobene Gewinne. Und schon halbierte sich der Kurs der Aktie. Das Management ist sich sicher gewesen, die Sache wieder in den Griff zu bekommen. Sie haben Erklärungen vorbereitet, dass die Verrechnungspreise solide begründbar seien, dass die Sache mit Dubai und Delaware lediglich legale Steueroptimierung gewesen sei, dass man jedoch davon künftig Abstand nehmen würde. Und sie haben einen neuen Compliance-Chef für die strikte Einhaltung aller Gesetze im Unternehmen eingestellt und so weiter. Hat gerade noch gefehlt, dass man mitgeteilt hätte, der sei früher ein enger Mitarbeiter von Mutter Teresa gewesen.

Blöd war nur, dass das Gerücht aufgetaucht ist, das Unternehmen habe Verbindungen zur sizilianischen Mafia. Und das hat auch noch in der Zeitung gestanden. Zu allem Übel gab es am Sitz des Unternehmens einen jungen ehrgeizigen Staatsanwalt. Dieser District Attorney konnte einen leitenden

Mitarbeiter der Firma überhaupt nicht leiden. Sie hatten sich mal für dieselbe Frau interessiert und er ist abgeblitzt und sie hat den anderen genommen, zumindest temporär. Der besorgte eine Verfügung für die Durchsuchung der Firma.

Die Polizisten haben Ordner und Computer beschlagnahmt und das Gelände systematisch abgesucht. Einer von ihnen hat hinter einer Halle eine Reihe von Fässern entdeckt – blaue sogenannte Deckelfässer aus Kunststoff. Er inspizierte jedes der etwa zehn Fässer genau. Beim vorletzten ist ihm am Boden des Fasses etwas Weißes aufgefallen. Er hat seine Lesebrille aus der Brusttasche genommen und genauer hingeschaut.

„Schau mal da rein", hat er den herbeigerufenen Kollegen aufgefordert.

Der hat anerkennend durch die Zähne gepfiffen. Und dann haben sie die Fässer mitgeschleppt und das ganze Gelände noch genauer durchsucht. Am Ende haben sie in einem Busch auch noch ein paar Beutel von dem weißen Zeug gefunden. Alles in allem sind es etwa vier Kilo Kokain gewesen.

Als Giovanni das berichtet hat, ist Luigi oder vielmehr seinem Unterbewusstsein klar gewesen, dass er selbst die Sache verbockt hat, aber er hat als Chef einer Familie in den letzten dreißig Jahren einen starken Glauben an die eigene Unfehlbarkeit entwickelt. Er ist jetzt knapp sechzig, mit etwa dreißig hat er die Position von seinem Vater übernommen. Der war damals erdrosselt worden, was in diesem Umfeld ab und an mal passiert. Die Familien sind sich nicht immer wohlgesonnen.

Borgametti ist ein gemütlich aussehender Typ mit Bauch und Glatze. Nur stimmen bei ihm Aussehen und Charakter überhaupt nicht überein.

Die Frage war nun, wie das Koks in die Firma gekommen ist. Alle haben alles abgestritten. Die Polizei hat eine Reihe von Leuten festgenommen und wieder Glück gehabt. Einer der Festgenommenen, ein Staplerfahrer, hat keine guten Nerven gehabt. Eine Nacht im Knast reichte, um ihn weichzukochen, und am nächsten Morgen hat er angefangen zu singen. Er habe beobachtet, wie sich Giovanni zusammen mit zwei Männern an den Fässern zu schaffen gemacht hätte. Dann hätten sie eine Tasche weggetragen. Jetzt also haben sie Giovanni im Visier gehabt. Der hat im Gegensatz zu dem Staplerfahrer sämtlichen Versuchen standgehalten, ihn weichzuklopfen. Er ist in einer italoamerikanischen Mafia-Familie groß geworden und hat gelernt, was die Omerta ist, die Schweigepflicht der Mafia.

Den Staplerfahrer haben sie wieder nach Hause geschickt.

Es ist einfach alles schiefgegangen. Die zwei Helfer von Giovanni haben den Staplerfahrer abgemurkst. Ein Zeuge weniger. Der hat aber zwei Stunden vorher geholfen, Phantombilder von den beiden Männern zu machen, die er mit Giovanni gesehen hat. Und das sind die gewesen, die ihn umgebracht haben. Man hat sie am nächsten Morgen festgenommen.

Sie haben ebenso eisern geschwiegen wie Giovanni. Aber dann ist das Glück zu den Cops zurückgekehrt, denn die beiden Killer sind so doof gewesen, sich bei der Entsorgung der Waffe nach dem Mord zuschauen zu lassen. In den Oakdale Lake hat der eine die Knarre geworfen. Leider beobachtete ein Anwohner vom gegenüberliegenden Ufer die Sache mit einem starken Fernrohr, das er sonst zum Spannen benutzte. Und der konnte beide identifizieren. Die Waffe hat man aus dem See gefischt. Man ließ sie erst mal ein bisschen sitzen, damit sie Zeit zum Nachdenken hatten. Die Fingerabdrücke auf der Waffe sind noch brauchbar gewesen, und sie haben das Projektil aus dem armen Staplerfahrer und damit eine lückenlose Kette von Beweisen gehabt.

Luigi hat ja genau gewusst, wie das Koks auf das Gelände gekommen ist. Die Extraladung war normalerweise schon im Hafen aus den Fässern genommen worden.

Das aber ist ein paar Tage vorher schiefgegangen, weil irgendein höheres Tier vom Zoll in die Halle reingeschneit ist, in der sie das normalerweise machten. Also sind die Fässer diesmal mitsamt des Kokses auf das Firmengelände gewandert. Dort haben sie es rausgeklaubt. Und da ist eine Riesensauerei passiert. Zuerst ist das Fass umgefallen, dann ein Beutel aufgeplatzt und der Mann mit dem Stapler gekommen. Da haben sie Reißaus genommen. Am nächsten Morgen wollten sie weitermachen, aber da ist schon die Polizei da gewesen. Wer hätte auch mit diesem Besuch rechnen können?

Einen Tag später hat einer der Killer in der Hoffnung auf ein milderes Urteil begonnen zu plaudern. Den Staplerfahrer hat sein Kollege erschossen. So hat das Unheil seinen Lauf genommen. Giovanni hat Luigi mit einem ins Gefängnis reingeschmuggelten Handy informiert.

Nachdem das alles bekannt geworden war, hat sich der Aktienkurs von Dwellin Agro endgültig in den Sturzflug begeben. Luigi hat sogar noch Glück gehabt mit der Million, die er für seine Aktien bekommen hat. Sieht er aber ganz anders.

Er sitzt immer noch auf seiner Terrasse und schreit nach seiner Frau Anna, sie solle ihm einen Grappa bringen, gefälligst einen doppelten. Es ist elf Uhr vormittags. Er kippt ihn runter und brüllt Anna an, sie solle noch einen bringen.

Die zwei doppelten Grappa verbessern seine Laune nicht. Er schmeißt das Glas in hohem Bogen über die Brüstung ins Tal und schreit „*Stronzo*", was etwa so viel bedeutet wie Arschloch. Tief in Luigis Hirn steckt ein Fünkchen Erkenntnis, dass er sich eigentlich selbst damit meint. Aber er schafft es wie immer, diese Erkenntnis nicht in die höheren Schichten seines Bewusstsein dringen zu lassen. Also muss er jetzt diesen Hundling von einem Whistleblower fassen. Er wird ihm bei lebendigem Leib das Herz aus der Brust reißen.

Luigi beginnt, ein wenig herumzutelefonieren. Er organisiert von seiner Terrasse in Sizilien aus eine genaue Untersuchung der Vorgänge um die Enthüllung der Interna bei Dwellin Agrochemicals. Nach etwa einer Stunde ist er fertig. Die Amerikaner werden das für ihn erledigen. Sie werden sich auf die Fährte setzen, sie werden herausfinden, wer die Geheimnisse verraten hat.

Die amerikanischen Brüder haben von diesem Deal schließlich am meisten profitiert. Der Transport ist bei dem Geschäft eines der größten Probleme. Daher wird auch so viel Geld in Tauchboote, Flugzeuge und Schnellboote investiert. Und mit dem Fasstrick haben sie bisher keinerlei Ausfälle gehabt. Das Ganze ist mehr als zwei Jahre lang gutgegangen.

Auch die Amerikaner wollen wissen, wer dahintersteckt. Der, der das angerichtet hat, der wird dafür mit seinem Leben bezahlen.

Luigi fragt sich, ob das ein Zufall gewesen ist oder ob es gegen ihn persönlich ging? Aber warum nur

Kapitel 10 — Bohnerbesen

„Herbert, jetzt sag schon. Ist das wirklich wahr?“ Carla wirkt sehr bestimmt. Sie haben Herbert noch mal eingeladen, um ihm ernsthaft auf den Zahn zu fühlen.

„Du kriegst keinen Alkohol, bevor wir wissen, was Sache ist“, ergänzt sie.

Herbert sitzt da. Sieht etwas kläglich aus.

„Ich habe es doch gesagt. Neulich im Suff. Das dürfte ich eigentlich gar nicht. Bin keinen Alkohol gewöhnt. Aber jetzt ist es halt passiert.“

„Ach Herbert, das stimmt doch gar nicht. Wir haben schon überlegt, ob du ‘ne Macke hast.“

Empört dreht er sich zu ihr um. Sie sitzt rechts neben ihm. Carla und Thomas haben ihn sozusagen in die Zange genommen.

„Mann, von einem anderen Planeten. Du siehst aus wie wir. Sprichst unsere Sprache. Du bist ein genialer Hacker, mehr nicht. Wie bist du denn hergekommen? Auf einem Besen?“, lacht Thomas.

„Ich habe gedacht, ich hätte euch mit der Pillen-Aktion bewiesen, was Sache ist“, wendet Herbert ein.

„Nee, das könnte ein guter Hacker auch“, erwidert Thomas.

Herbert schüttelt den Kopf.

Thomas‘ Handy meldet sich in der Hosentasche — Whatsapp. Er zieht es raus. Sieht ungläubig drauf. Jetzt ist er es, der ungläubig den Kopf schüttelt.

„Das kann nicht sein.“

Noch eine Nachricht.

„Herbert, du kannst einfach so Whatsapps

verschicken?" Er zeigt es Carla.

Herbert nickt. Zum Beweis kommt noch eine.

„Glaubt mir endlich", lautet sie.

„Herbert, schick eine auf mein Handy, schreib *Bohnerbesen*", fordert Carla.

„Warum soll ich denn *Bohnerbesen* schreiben?"

„Weil mir gerade nichts anderes einfällt."

Carlas Handy meldet sich. Da steht tatsächlich *Bohnerbesen* auf dem Bildschirm.

„Das ist ein Trick. Du bist David Copperfield."

„Nein, kein Trick."

„Aber du siehst genauso aus wie wir, nicht wie E.T."

„Wer ist E.T.?"

„Ein Außerirdischer aus einem Film."

„Kann ich erklären."

„Mann, jetzt sag endlich, woher kommst du?", bohrt Thomas.

„Planet Goni, Milchstraße, selbe Galaxie. Fünfzehn Lichtjahre entfernt."

„Bist du der Erste, der von euch auf die Erde gekommen ist?"

„Nein. Wir geben euch schon lange ein wenig Entwicklungshilfe, ohne dass ihr was davon mitbekommen habt. Mein Auftrag ist es, Waffen zu zerstören. Und dann wollen wir Wissen transferieren. Also so was wie mit dem Programmieren."

„Aha", sagt Thomas.

Herbert erklärt es genauer.

„Ich vernichte unter anderem Atomwaffen. Das ist ein ziemlicher Aufwand, weil ich an die älteren Konstruktionen nah ran muss. Bei den neuen ist es besser. Die funktionieren schon bei der Produktion nicht mehr, nachdem ich sie einer kleinen elektronischen Behandlung unterzogen habe."

Thomas' Mund steht offen. Er schließt ihn und fragt: „Echt?"

Die Klappe geht wieder auf und bleibt offen stehen.

„Du brauchst dir nicht vorzuwerfen, dass dir nichts Intelligenteres einfällt, als *echt* zu sagen", meint Herbert.

Thomas klappt den Mund zu.

„Immerhin merkst du es gleich, wenn dein Mund offen steht. Pass auf, dass keine Fliegen reinfliegen." Herbert lacht.

„Ach du Scheiße."

Herbert quasselt unverdrossen weiter.

„Es gibt weltweit etwa fünfzehntausend Stück davon. Da habe ich zu tun. Aber die meisten funktionieren schon nicht mehr, und den Rest habe ich auch bald geschafft."

„Aha", sagt diesmal Carla, die noch immer hin und wieder einen verstohlenen Blick auf die Textnachricht wirft.

„Atomwaffen können den Planeten unbewohnbar machen. Und das wollen wir nicht. Man weiß nie, wozu man ihn brauchen könnte."

„Wollt ihr uns die Erde wegnehmen?"

„Nein, nein. Es gibt massenhaft unbewohnte schöne Planeten. Wir brauchen die Erde gar nicht. Und außerdem sind wir glücklich auf Goni. Jetzt kennst du meinen Auftrag."

„Aber warum outest du dich ausgerechnet uns gegenüber?"

„Wegen des badischen Spätburgunders und des Williams. Nein, ernsthaft. Wir müssen mit Eingeborenen zusammenarbeiten. Vorschrift. Eure Entwicklungshelfer arbeiten ja auch mit Einheimischen. Früher haben wir es mal alleine probiert, aber da ist zu viel schiefgegangen."

Thomas sieht ihn fragend an.

„Wir haben die Religionen erfunden, um euch Manieren beizubringen. Das war ein schwerer Fehler. Wenn wir rechtzeitig mit ein paar schlauen Leuten gesprochen hätten, dann hätten wir es vielleicht gelassen. Du siehst ja, was daraus geworden ist. Die Frage ist, ob die Menschheit von selbst darauf gekommen wäre, an irgendwelche Götter zu glauben."

„Wie habt ihr das gemacht?"

„Wir haben euch die Götter vorgespielt. Da hat dieser Herr von Däniken schon recht. Und wir waren sehr überzeugend."

„Wo denn?"

„Ägypten, Kleinasien und so weiter. Nur das Ergebnis haben wir so nicht geplant. Manchmal sind wir verdammt froh, dass ihr uns nicht besuchen könnt. Ihr seid so schön weit weg. Es wäre nett, wenn ihr mir ab und zu etwas helfen könntet, mich in eurer verworrenen Welt zurechtzufinden."

Thomas und Carla nicken.

„Ich brauche Leute, die was von Technik verstehen. Ihr werdet schon noch sehen, warum."

„Mir schießen tausend Fragen durch den Kopf", sagt Carla. „Wie kommt ihr her, wie seht ihr in Wirklichkeit aus und was wäre, wenn wir zur Polizei gingen?"

„Eins nach dem anderen. Die Reise ist kein Problem, eure Physiker kennen oder vermuten ja bereits Sachen wie Wurmlöcher, überlichtschnelle Teilchen, andere Dimensionen und so was. Wir haben große Raumschiffe, aber ich bin mit einem kleinen hier, das ich im Bodensee versenken musste. Ich sehe in Wirklichkeit nicht anders aus. Ich bin ein ganz normaler Mensch, ich komme nämlich von einer unserer Menschen-Zuchtfarmen."

„Waas?"

„Wir haben Zuchtfarmen für alle möglichen Spezies. Die brauchen wir, um zum Beispiel hier nicht aufzufallen. Und falls du denkst, es würde irgendwas passieren, wenn du zur Polizei rennst und mich anzeigst, vergiss es. Ihr glaubt auf der

Erde, dass es keine Aliens gibt, und das ist gut so. Gegen Ende des zweiten Weltkriegs haben die Nazis einen von uns fast entlarvt. Dann haben sie versucht, mit seiner Hilfe die Wunderwaffe zu konstruieren. Wir haben ihn ziemlich schnell rausgeholt und so wurde auch nichts aus der Wunderwaffe."

„Und wie verdienst du eigentlich dein Geld? Um dir zum Beispiel den Maserati zu leisten", will Thomas wissen.

„Das mache ich mir selbst."

„Wie denn?"

„Elektronisch. Soll ich für euch auch welches machen?"

Thomas und Carla müssen tatsächlich einen Moment überlegen. Nee, wollen sie nicht. Sie fühlen sich aus eigener Kraft schon reich genug.

„Na gut, war nur ein Angebot." Herbert fällt noch was ein. „Leute, als ich die Pharmafirma um die Pillen erleichtert habe, da bin ich auf eine Tochterfirma im Agrochemie-Bereich in den USA gestoßen. Die haben mächtig Dreck am Stecken und die lokalen Zeitungen haben das von mir erfahren. Die haben jede Menge steuerliche Sauereien gemacht und außerdem ist die Mafia an denen beteiligt. Die helfen ihnen beim Koksschmuggel aus Kolumbien." Er setzt sein stolzestes Lächeln auf. „Aber jetzt ist Schluss damit. Die sind total am Arsch."

„Du hast dich mit der Mafia angelegt?", fragt Thomas entsetzt. „Ich hoffe, die kommen dir nicht auf die Schliche. Das wäre wirklich gefährlich."

Herbert ficht diese Kritik nicht an.

„Weiß ich, die haben einen Staplerfahrer abgemurkst. Einfach so."

„Dann hoffen wir, dass sie nicht auch dich abmurksen — einfach so."

Jetzt sieht er doch etwas betreten aus, der Herbert aus dem All.

Kapitel 11 — Amore

Carla hat Mädelsabend und Thomas hat sich nach dem Büro mit Herbert verabredet. Er darf eine Runde mit der Angeberkarre drehen. Da ist er schon die ganze Zeit scharf drauf. Herbert gibt ihm den Schlüssel, sie besteigen den Hobel und Thomas lässt die fünfhundertdreißig PS aus den acht Zylindern des Quattroporte GTS auf die Hinterräder los. Das Beeindruckendste ist nicht mal die Beschleunigung, das Beeindruckendste ist für ihn der schiere Luxus im Innenraum und vor allem das Geräusch, das hinten rauskommt. Es ist Frühling und man kann die Fenster öffnen. Am besten klingt er in einem Tunnel, da bekommt man den Sound von den Wänden und der Decke gratis zurück. Klingt noch geiler, wenn man dabei Vollgas gibt, und so sieht er am Ausgang des Tunnels einhundertvierzig auf dem Tacho stehen statt der erlaubten achtzig Sachen. Erschrocken geht er vom Gas runter.

„Das mit den Knöllchen kann ich regeln", sagt Herbert bloß dazu.

„Wie denn?"

„Ich kann mit dem Geschwindigkeitsmessgerät kommunizieren."

„So im Vorbeifahren?"

„Ja. Ich lösche nur die Daten der letzten paar Sekunden."

„Na, dann pass mal auf, dass die nicht eines Tages draufkommen, andere Verkehrskameras als Vergleich zu benutzen, und herausfinden, dass die Messgeräte nicht funktionieren, wenn ein brauner Maserati Quattroporte vorbei zischt."

Herbert wirft ihm einen mitleidigen Blick zu. „Mein lieber Tommy. Ich lösche selbstverständlich auch alles, was dazugehört."

Thomas nickt nur. Das ist ja beruhigend, er wird

Herbert künftig immer mitnehmen, wenn er im Auto unterwegs ist.

Zurück in Herberts neuer Wohnung, bestaunt Thomas die Lage direkt am Rhein, die Großzügigkeit und die Einrichtung. Überwiegend helle Holzböden, in Küche und Bädern große dunkelbraune Bodenfliesen, die Wände in Weiß bis leicht ins Beige getönte Weiß.

„Herbert, wie hast du das so geschmackvoll hinbekommen?"

„Habe mich im Internet ein wenig umgeschaut. Dann habe ich ein Foto von so einer Bude gefunden und es so machen lassen."

„Und die Möbel?"

„Genauso. Ist nicht mal teuer gewesen, lauter Schnäppchen. Ich will ja nicht durch überzogene Protzerei auffallen, nachdem ich jetzt beim Finanzamt Konstanz aktenkundig bin. Ich schaue regelmäßig bei denen rein."

„Mann, daran habe ich noch gar nicht gedacht. Das sind ja ganz neue Möglichkeiten. Herbert, kannst du das für uns auch mal machen?"

„Klar, kein Problem. Und wenn ich was Negatives finde, ändere ich das gleich. Ich werde auch dafür sorgen, dass die Firma keine Steuerprüfung bekommt."

Thomas muss sich setzen. Das ist ja fantastisch! Herbert öffnet einen Rosé. Eigentlich ist Thomas nicht so der Rosé-Fan, findet schon immer, das sei *nicht Fisch, nicht Fleisch*, aber der hier schmeckt genial. Irgendwann muss Herbert die zweite Flasche holen, und Thomas denkt, verrückt, ausgerechnet ein Alien entpuppt sich als sein neuer Kumpel. Nicht, dass er und Carla keine Freunde hätten, aber das sind solche Ehepaar-Freundschaften. Das, was man einen Kumpel nennt, hat er nicht.

„Was sprecht ihr auf Goni eigentlich für eine Sprache?"

„Wir kommunizieren nicht verbal. Unsere Ureinwohner können das ohne Hilfsmittel gar nicht. Es geht telepathisch. Funktioniert gut. Sie verstehen nur das, was der Gesprächspartner freigibt. Gonim können dem anderen nicht ins Gehirn schauen. Nur ihr beherrscht das Absperren nicht so wirklich.“ Er grinst frech.

„Dein Gegrinse geht mir allmählich auf den Sack.“

„Mach dir nichts draus, bin ja bloß ein einsamer Alien. Ich hab jetzt zwar dich und Carla, aber weißt du, die Einsamkeit macht mir echt zu schaffen. Ich sehne mich nach einer Frau“, platzt es aus Herbert heraus.

„Ich bin davon ausgegangen, dass zu Hause eine sehnsüchtig auf dich wartet.“

„Auf der Zuchtfarm gibt es nur etwa fünfhundert Menschen. Man hat bei euch ein paar abgeholt und die wurden vermehrt.“

„Wie, die wurden vermehrt?“

„Künstlich. Auf dem natürlichen Weg hat uns das zu lange gedauert. Man wollte ja eine gewisse Herdengröße erreichen.“

Thomas schüttelt den Kopf. *Herdengröße.*

„Ging nicht anders. Das ist lange her und ein paar von denen leben noch heute bei uns. Die sind ziemlich glücklich.“

„Und das soll ich glauben? Die sind doch nicht freiwillig da, oder?“

„Doch, wir haben sie gefragt und ihnen auch die Rückkehr angeboten. Allerdings hätten wir Teile ihres Gedächtnisses löschen müssen, und das hatten wir damals noch nicht so richtig im Griff. Wir haben Leute ausgesucht, die auf der Erde wenig Kontakt hatten, nicht so gut zurechtkamen, und Leute mit finanziellen oder anderen Problemen. Ein paar unheilbar Kranke haben wir auch mitgenommen und sie von ihrem Krebsleiden erlöst.“

„Was?“, fragt Thomas entsetzt.

„Nein, wir haben sie nicht abgemurkst, wir haben sie geheilt.“

„Das könnt ihr?"

„Klar."

„Das ist ja sehr beruhigend."

Thomas ist Hypochonder und Carla findet ihn manchmal zum Lachen. Aber das hier ist ja seine Rettung. Wenn er mal was hätte, ab nach Goni zu Dr. Gonim und seinen Spezialisten. Juhu.

„Aha. Wenn ihr die Gene hier geholt habt und das lauter Leute mit Problemen waren, warum bist du dann immer so fröhlich?"

„Wir haben die Gene ein wenig umgebastelt."

„Aber dann bist du ja genmanipuliert."

„Na und. Ich bin lieber ein fröhlicher Gezüchteter als ein depressiver Natürlicher."

„Ihr könnt also Gene nach Belieben manipulieren?"

„Das ist einfach, das könnt ihr ja auch schon." Herbert grinst und setzt hinzu: „Fast."

Thomas schüttelt mal wieder den Kopf.

„Ich hatte das Glück, dass nur wenige zur Erde wollten. Und ich durfte fliegen. Ein Traum hier. Gutes Essen, schöne Frauen, das Paradies", fährt Herbert fort.

„Und dazu noch Kohle ohne Ende, perfekt."

„Im Ernst, ich verzehre mich nach einer Frau."

„Was ist denn so dein Typ?"

„Weiß ich noch nicht so genau."

„Tja, dann müssen wir uns wohl mal unter den heiratsfähigen Töchtern des Landes umsehen."

„Die Schauspielerin Halle Berry würde mir gefallen."

Aha, er steht auf gut aussehende dunkle Frauen.

„Geschmack hast du ja, aber ich wüsste jetzt nicht, wie wir an die herankommen könnten."

„Ich glaube, die ist zurzeit auch verheiratet."

„Dann warten wir eben auf die Scheidung. Sag mal, du sprichst immer von euren Ureinwohnern, wie muss man sich die denn vorstellen?"

„Das sind die aus Roswell."

Thomas fällt ein, dass kurz nach dem zweiten Weltkrieg in der Nähe von Roswell in New Mexico angeblich ein UFO abgestürzt sei. Es gab Fotos von einer fliegenden Untertasse und kahlköpfigen angeblichen Aliens.

„Die kleinen Männchen?"

„Ja, aber das sind Männchen und Weibchen in einem. Und so klein sind die gar nicht. Die können notfalls mit sich selbst ein Baby machen."

„Du willst mich auf den Arm nehmen."

„Nein, überhaupt nicht." Er erklärt Thomas, dass diese Leute sich normalerweise zu Paaren zusammentun, was aber nicht unbedingt zur Fortpflanzung notwendig ist. Viele Paare bekämen die Kinder abwechselnd.

„Die meisten leben als Paare, manche leben auch in Gruppen, und das mit der Fortpflanzung machen die ganz offen, da haben die keine Scheu. Sie treiben es an jeder Straßenecke. Sie laufen ja sowieso immer nackt herum."

Thomas stellt sich das in Gedanken bildlich vor, während Herbert weitererzählt.„Die aus Roswell waren jugendliche Halbstarke, die heimlich Papas Raumschiff ausgeliehen hatten. Da die Erde viel größer ist als unser Planet, ist auch die Schwerkraft größer. Das haben sie bei ein paar waghalsigen Manövern übersehen. Sie haben natürlich alle Systeme für die Sicherheit und zur Verhinderung des Beschleunigungserlebnisses abgeschaltet, weil es dann mehr Spaß macht, und so sind sie leider vom Himmel gefallen. Da waren noch andere dabei, die nicht abgeschmiert sind. Die haben nach ihrer Rückkehr ziemlichen Ärger bekommen mit Papa und Mama oder Mama und Papa, je nachdem."

Thomas schüttelt bloß noch den Kopf.

Er fährt mit einem Taxi nach Hause. Sie müssen am nächsten Tag nach Frankfurt zu Roland wegen des Termins bei Meyers-Rocke.

Am späten Nachmittag fahren sie los — wieder mit dem Maserati wie beim letzten Mal. Am Abend gehen sie in eine Pizzeria in der Nähe ihres Hotels.

Herbert macht auf Thomas einen nervösen Eindruck. Er führt das auf ihren morgigen Termin zurück und ist verwundert. Beim letzten Mal hat Herbert extrem locker gewirkt.

„Wie verhalte ich mich denn, wenn ich jetzt eine Frau kennenlernen würde?“ Dabei sieht Herbert sich interessiert in dem Restaurant um.

„Wieso das denn?“

„Ich habe keine sexuellen Erfahrungen. Ich wüsste überhaupt nicht, was ich anstellen soll. Ich kann doch nicht einfach sagen, woher ich komme.“

„Wieso hast du keine sexuellen Erfahrungen?“

„Tja, da war halt keine dabei, die mir gefallen hätte, gell.“

„Aber bei fünfhundert Menschen sind doch die Hälfte Frauen. Da wird doch wenigstens eine deinen offenbar hohen Ansprüchen genügt haben.“

„Nein, da waren nur zwanzig Frauen. Unser Reproduktionsmechanismus für Menschen ist kaputt. Und daher produzierte er nur Männerserien. Zwanzig Menschen sind eine Serie. Man kann nur jeweils eine Serie Männer oder Frauen machen. Und bei den Frauen hat nur eine Serie funktioniert, danach war das Ding im Eimer.“

Thomas schüttelt den Kopf. Wenn das so weiterginge, würde er ihm noch abfallen.

„Und von den zwanzig?“, will er wissen.

„Mann, die waren um die sechzig, der Apparat funktionierte von Anfang an nicht richtig.“

„Was, ihr produziert Menschen in einem gewissen

Alter?“

„Ja, klar.“

Thomas schüttelt den Kopf.

„Und wie alt warst du bei deiner Geburt?“

„Dreißig.“

Jetzt kapiert er, Herbert ist eigentlich sieben Jahre alt.

„Mein Gott, wie geht das?“

„Ach, mit der Zeit können wir viel anstellen, vordrehen, zurückdrehen, kein Problem.“ Er lächelt mal wieder. „Wenn man weiß, wie es geht“, setzt er hinzu und sieht Thomas mitleidig an.

Der schüttelt schon wieder den Kopf. Er wartet auf die ersten Schmerzen im Genick.

„Kannst du auf der Erde eigentlich tun und lassen, was du willst, oder gibt es Dinge, die du nicht machen darfst?“

„Keine Menschen mitbringen, die wieder nach Hause wollen. Es sei denn, sie hätten eine Ausnahmegenehmigung. Und ich soll nichts tun, was den Zustand der Erde verschlechtert.“

Thomas sieht ihn fragend an.

„Also wenn ich zum Beispiel einen Atomkrieg anzetteln würde, da bekäme ich Ärger. Und ich soll Aufsehen vermeiden, also möglichst wenig UFO-Sichtungen. Aber das ist im Moment ja einfach.“

„Warum?“

Herbert erklärt ihm, was mit seinem Transportmittel passiert ist. Der schüttelt – wieder einmal - den Kopf.

„Wie lange wirst du auf der Erde bleiben?“

„So lange ich will, und wenn ich zu alt werde, dann fliege ich eben heim und mache mich wieder jünger. Es gibt da so einen Apparat auf Goni.“

„Wie, du kannst dich jünger machen?“

Er nickt.„Alles, was mit Zeit zusammenhängt, haben wir gut im Griff. Aber was ist jetzt mit dem Sex?“

Thomas ist verwirrt. Immer wieder fängt Herbert damit an, als ob er etwas plane. Er soll einen Siebenjährigen im Körper eines Mittdreißigers von irgendeinem anderen Planeten über sexuelle Praktiken unter Menschen aufklären?

„Willst du ein bisschen üben? Wie wär's mit einem Besuch im Puff?“

Herbert sieht ihn ernst und strafend an und schweigt.

„OK, das war primitiv“, zeigt Thomas sich reumütig. „Aber du hast ja bestimmt schon mal Pornofilme angeschaut auf dem PC, oder?“

„Dazu brauche ich keinen PC“, antwortet Herbert mit Grabesstimme.

„Ja, dann weißt du ja, wie's geht. Schau dir doch ein paar romantische Pornofilmchen an, da ist so ziemlich alles mit dabei, was du für dein Glück wissen musst.“ Seine Mundwinkel zucken.

Herbert blickt ihn ernst an. „Jetzt hast du ausnahmsweise mal auf einem Gebiet mehr Ahnung als ich, und schon wirst du arrogant und überheblich. Sag mal, in diesen Filmen machen die es immer in allen Variationen, muss ich das auch?“

„Wie weit ist dein Planet noch mal von uns entfernt?“

„Das kommt drauf an.“

„So ungefähr?“

„Hab ich doch schon gesagt. Fünfzehn Lichtjahre.“

„Aha, da fliegt einer fünfzehn Lichtjahre weit, um sich in Frankfurt-Niederrad die Unschuld nehmen zu lassen. So wie du redest, hast du ja große Angst, dass es gleich morgen passieren könnte. Natürlich musst du nicht das ganze Programm abspulen, lieber nicht. Wenn es so weit kommen sollte, geh es ruhig an. Ich halte sowieso nichts von Sex beim ersten Treffen. Aber wenn es denn sein muss, nimm dir Zeit.“

Am nächsten Morgen warten Roland und Kronental bei Meyers-Rocke schon auf sie.

„Der Vorstand kommt in zehn Minuten und will sich die Sache ansehen. Wir haben uns grundsätzlich entschieden, die Software zu kaufen, zunächst mal eine kleine Lizenz. Wenn die unseren Vorstellungen entspricht, werden wir auf unsere anderen Standorte erweitern. Glückwunsch, unsere Hacker sind gescheitert“, werden sie von Kronental begrüßt.

Nach zehn Minuten stolziert der Vorstand herein. Es ist genau genommen *die* Vorstand. Eine dunkelblonde Frau betritt den Raum fast unhörbar. Die Dame ist außerordentlich ansehnlich. Thomas schätzt sie auf knapp vierzig. Eine Figur mit Rundungen, leicht gebräunte Haut und sie hat keine Strümpfe an. Das ist in Vorstandsetagen selbst im Hochsommer völlig unüblich.

Kronental stellt sie vor. Eva Martok heißt sie. Beim Händedruck sieht Herbert ihr tief in die Augen. Sie reagiert nicht darauf, aber Thomas müsste sich sehr täuschen, wenn es ihr entgangen wäre. Herbert hat doch nicht etwa vor …

Kronental schildert die Situation. Dann geht es um den Preis und Eva Martok übernimmt.

„Wir möchten es ja bestellen, aber das ist viel Geld. Und da kommen ja noch Updates und Service dazu“, sagt sie.

„Wenn Sie mit mir heute Abend ausgehen, kostet es nur die Hälfte“, erwidert Herbert geschäftsmäßig. „Aber das mit dem Service und den Updates ist natürlich richtig.“

Um ihren Mund zuckt es ein wenig. Sie prustet los und lacht lauthals.

„Das ist ja mal ganz was Neues. Weitere Bedingungen haben Sie nicht? Außerdem verstehe ich jetzt nicht mehr so richtig, wer von Ihnen hier die Preise festsetzt?“ Sie sieht Thomas fragend an.

„Ist schon gut so“, sagt der und zwingt sich, nicht mit dem Kopf zu schütteln. Alles klar: Die Frau Martok ist ein wenig der Halle-Berry-Typ. Herbert macht also Nägel mit Köpfen.

„Nur ein Abendessen zu zweit in einem schönen Restaurant. Ich heiße übrigens Herbert."

„Normalerweise entscheidet ja der Ältere über das Duzen oder Siezen", entgegnet sie.

„Ich bin selbstverständlich davon ausgegangen, dass Sie jünger sind als ich", sülzt Herbert. Sie steigt tatsächlich auf diese plumpe Anmache ein.

„Also gut, wenn ich für meine Firma so viel Geld sparen kann, dann bleibt mir natürlich nichts anderes übrig. Wann und wo?", flötet sie zurück.

„Um halb sieben hier unten am Ausgang. Einverstanden?"

Und darauf einigen sie sich.

Eigentlich wollten Herbert und Thomas ja direkt nach dem Termin zusammen zurückfahren, aber das geht jetzt natürlich nicht mehr.

„Ich nehme an, du hast dich vorher über die Firma Meyers-Rocke informiert und vor allem über den weiblichen Teil des Vorstands", forscht er nach.

Herbert grinst schelmisch.

„Du hast ein Foto von ihr gesehen und die Dame gefiel dir. Deswegen also deine blöden Fragen über Sex gestern Abend. Aber Geschmack hast du. Erwarte bloß nicht zu viel. Ich habe es schon erlebt, dass man eine Frau aus der Ferne ganz toll findet und sich daraus überhaupt nichts entwickelt, wenn man sie näher kennenlernt. Es kann ja auch sein, dass sie fest liiert ist."

„Sie ist solo. Hatte mal was mit dem Oberchef von dem Laden, aber das ist zu Ende. Der ist abgeseilt."

„Abgeseilt?", fragt Thomas.

„Ja, abgeseilt."

„Das heißt *abgelegt*, Herbert."

„Nein, sie hat in einer E-Mail *abgeseilt* geschrieben."

„Du liest ihre E-Mails?" Er schüttelt wieder den Kopf. Seit er diesen Typ kennt, schüttelt er den Kopf so oft wie nie zuvor. Er pfeift anerkennend durch die Zähne. „Wie alt ist sie eigentlich?"

„Einundvierzig."

„Stehst du auf etwas ältere Frauen?"

Herbert grinst, dieses Mal aber anders als sonst. Es ist dieses glückselige, leicht dümmliche Grinsen der Frischverliebten, wenn sie meinen, die anderen würden es nicht erkennen.

„Herbert, Herbert …"

Jetzt grinst Thomas dreckig und Herbert meint spitz: „Diese Form der nonverbalen Kommunikation auf der Erde ist mir noch nicht komplett geläufig."

„Was steht in ihren E-Mails denn noch so drin?"

„Sie fühlt sich einsam, schreibt sie ihrer Freundin. Es gäbe nur Idioten in ihrer Nähe." Herbert drückt sein Kreuz durch. „Aber das wird sich ab heute Abend ändern."

Thomas bittet Herbert, ihn zum Bahnhof zu bringen, und er muss nicht lange auf den nächsten Zug warten.

„Ich bin gespannt, wie du dich schlägst", sagt er bei der Verabschiedung. „Viel Glück. Melde dich !" Dann spuckt er ihm noch über die Schulter, wie die Schauspieler es im Theater tun. Das muss er Herbert erklären, der angewidert zurückgewichen ist.

Ein paar Tage sind vergangen, doch Herbert hat sich noch immer nicht zurückgemeldet. Thomas beginnt, sich Sorgen zu machen. Außerdem hat er eine Menge Fragen zu dem Sicherheitssystem und keine Antworten darauf.

In der Zwischenzeit sind vier Anfragen eingetrudelt, und er muss auf Herbert warten, um sie richtig beantworten zu können. Ein Firmenname kommt ihm bekannt vor. Loropharma. Das ist doch die Bude, die Herbert als erste beklaut hat! Er muss schallend lachen.

„Wer könnte euch besser vor uns schützen als wir selbst?"

Aber wenn die alle so scharf darauf sind, würden sie auch noch ein wenig warten können. Im Geiste zählt Thomas schon die Millionen. Er kann sich wohl kaum noch dagegen wehren, reich zu werden, und würde als Erstes sein Kambodscha-Projekt bedenken. Er unterstützt seit geraumer Zeit so einen Gutmenschen, der dort auf dem Land Brunnen bohrt, Brillen und Rollstühle besorgt sowie notwendige Operationen bezahlt.

Durch das offene Fenster hört er plötzlich einen bekannten Motorsound. Das kann nur ein V8-Motor von Maserati sein, der ja eigentlich von Ferrari gebaut wird. Da kennt er sich aus.

Wenige Minuten später betritt Herbert das Büro. Er wirkt nicht gerade fröhlich. Unter den Augen zeichnen sich dunkle Ringe ab.

„War anstrengend, was?"

Herbert sieht ihn nur traurig an und sagt nichts.

„Mensch, Herbert, was ist, will sie nicht?"

Er wackelt mit dem Kopf. „Ich weiß nicht."

Herberts Augen werden feucht. In dem Moment steht ein siebenjähriger Junge vor Thomas. Er erhebt sich, geht auf ihn zu und legt den Arm um seine Schultern, führt ihn zu seinem Besuchertisch und schiebt ihn in Richtung Stuhl. Dann holt er zwei Kaffee, schaut auf die Uhr. Es ist fünf Uhr nachmittags. Thomas schnappt sich Gläschen aus dem Schrank und gießt zwei Schnäpse ein. Sie prosten sich stumm zu.

„Erzähl!"

„Ich bin total verliebt, aber sie ist sich noch nicht so ganz sicher", schnieft Herbert.

„Das ist alles?"

„Das ist doch schlimm!"

„Nein, das ist nicht schlimm.“

Herbert sieht ihn unsicher an. „Bist du sicher?“

„Jetzt erzähl dem Onkel alles, sofort!“

Er hat sie am letzten Mittwochabend nicht mit dem Maserati, sondern mit einem ordinären Taxi abgeholt.

„Ich dachte, ich lass die Angeberkarre weg.“

„Das ist stilvoll.“

„Dann sind wir schön essen gegangen. Ich hatte Thunfisch, sie …“

„So detailliert muss es nicht sein.“

„Gut, danach habe ich sie mit einem Taxi nach Hause gebracht. Beim Abschied hat sie mir ein Küsschen gegeben. Dann bin ich wieder in das Taxi eingestiegen. Dann ist das Taxi losgefahren. Und dann hat es gekracht.“

„Wie, gekracht?“

„Sie hat dem Taxi einen Stein hinterhergeschmissen. Der Fahrer hat angehalten, sie hat ihm Geld gegeben und zu ihm gesagt, er solle seinen Fahrgast sofort rausschmeißen. Das hat er getan. Dann hat sie mich an der Hand in ihre Wohnung gezogen. Ja, und da ist es geschehen.“

„Aha, geschehen.“

„Ja, sie hat mich viermal vernascht.“

„Du bist ja ein ganz Wilder.“

„Das sagt sie auch. Und dann bin ich geblieben und sie hat sich bis gestern freigenommen. Und heute bin ich zurückgefahren. Und sie hat gesagt, es sei toll mit mir. Und sie sei verliebt in mich. Und dann habe ich ihr gesagt, wo ich herkomme. Und das hat sie erschreckt.“

Das kann Thomas verstehen.„Und jetzt bin ich traurig“, quasselt Herbert weiter.

„Bei der Leistung könntest du als Pornodarsteller arbeiten. Ist ja irgendwie auch ein schöner Beruf“, meint

Thomas, weil ihm sonst nichts einfällt.

Da kullern bei Herbert die Tränen. Thomas sitzt da und fühlt sich schuldig. Ein Scheißgefühl ist das. Er hätte ihn am liebsten auf den Schoß genommen, aber das ist bei eins fünfundachtzig und geschätzten achtzig Kilo schwierig. Er steht auf und legt wieder den Arm um ihn.

„Ich wollte nur einen Witz machen."

„Es ist nicht wegen des Witzes, vielleicht will sie keinen aus der Repromaschine, sondern nur so einen natürlich Erzeugten."

„Herbertchen, krieg dich wieder ein. Das wird schon", redet er beruhigend auf ihn ein. Thomas gießt noch zwei Gläser von dem leckeren Fusel nach. „Aber nicht mehr, sonst holen sie dich nachher noch aus dem Maserati."

„Das macht nichts, die würden sich wundern, was der Alkoholtester anzeigt. Nichts nämlich!" Herbert kann schon wieder grinsen.

Sie trinken. Das hat er auch noch nie gemacht, am Nachmittag um fünf zwei Schnäpse mit einem Siebenjährigen vom Planeten Goni kippen. Thomas spürt den Alkohol. Herbert sitzt immer noch leicht belämmert auf dem Besucherstuhl und setzt Glas Nummer zwei ab.

„Was habt ihr denn die ganzen fünf oder sechs Tage gemacht?"

„Och, wir haben Sex gehabt, lange geschlafen, wir haben gegessen, wir sind auch ein bisschen herumgefahren, waren im Taunus, in Museen und sie hat mir die Stadt gezeigt. Wir waren am Main, am Römer und isch kann jetzt Hessisch."

Herbert schaut erneut bekümmert drein. Thomas legt wieder den Arm um seine Schultern. Ach du Schreck! Seine Gefühle für Herbert sind väterlicher Natur.

„Sie hat gesagt, sie sei noch nie so verliebt gewesen. Also das hat sie vor meiner Eröffnung gesagt, hinterher nicht mehr."

„Wenn du Wahnsinnsknabe auch so ehrlich sein

musst, ihr alles zu offenbaren, brauchst du dich nicht zu wundern, dass sie Zeit braucht.“

Soll Thomas ihm jetzt seinen Einführungsvortrag über die Liebe halten? Hat er zuletzt bei seinen beiden Kindern gemacht. Die haben seine salbungsvollen Ansprachen gelangweilt mit *Ach, Papa* kommentiert, was übersetzt bedeutete: *Wir wissen alles schon* und *Wir wissen auch alles besser* und *Das war vielleicht früher mal so.* Später haben sie entsprechende eigene Erfahrungen gemacht und waren zu einigen seiner Erkenntnisse gelangt, aber da haben sie seine Ansprachen auch schon vergessen gehabt. Hätte er sich vermutlich sparen können.

„Wenn sie in dich verliebt ist, dann kann sie dieses Gefühl nicht einfach abschalten.“

„Escht?“, kommt es auf Hessisch zurück.

„Ja, natürlich. Weißt du das nicht?“

„Ich habe keine Ahnung.“

Er macht Herbert klar, wie das so funktioniert. Dass sich Gefühle entweder einstellen oder auch nicht. Dass er keine Angst zu haben braucht. Dass er Herberts Ehrlichkeit gut findet.

Herbert beruhigt sich, und um ihn von seinem Liebeskummer abzulenken, verdonnert Thomas ihn dazu, auf der Stelle alle seine Fragen wegen der Software zu beantworten. Herbert braucht nur ein paar Minuten dazu.

„Warum heißt du eigentlich Herbert?“

„Das ist kein Name, sondern meine Seriennummer.“

Kapitel 12 — Pentagon

„Sam, das ist seltsam. Wir hatten doch neulich diesen Flugzeugabsturz. Ich kann es dir jetzt sagen. Der Auftrag kam vom *Advanced Aerospace Threat Identification Program* aus dem Pentagon."

Borgani schweigt. Sie haben eine Videokonferenz. Seine beiden Gesprächspartner sitzen in Langley, Virginia. Er hält nichts von den beiden, aber sie haben leider mehr zu sagen als er. Der eine heißt George Miller und der andere Jack Malboni. Vor Jahren stand Malboni mal unter Verdacht, Kontakte zur Mafia zu haben. Tja, Italiener wie er selbst. Ihm hat man das auch schon unterstellt. Aber da war nichts dran. Bei Malboni ist er sich da nicht so sicher. Es hat Gerüchte über teure Leidenschaften wie Glücksspiel und Damen gegeben. Aber Malboni hat alles überstanden.

„Was ist das?"

„Das ist ein ziemlich geheimes Programm des Pentagons. Sie suchen nach Aliens."

„Aha." Sam ist sauer. Eine idiotische Aktion jagt die andere. „Ich hocke mit meinem fast sechzigjährigen Arsch in der offenen Tür eines wild herumfliegenden Helikopters, dem gleich der Sprit ausgeht, und soll einen Alien erschießen, der in einem Boot sitzt. Da sitzt aber ein Typ drauf, der aussieht wie du und ich. Bin froh, dass ich ihn nicht getroffen habe."

„Sam, vielleicht hast du dich nicht genug angestrengt?"

Jetzt wird er wirklich böse. „Dann macht das doch selbst. Wenn ich ihn erschossen hätte und er ein harmloser Motorbootfahrer gewesen wäre, wäre jetzt die Hölle los. Ihr beiden hockt doch immer nur am Schreibtisch. Wer von euch hat denn schon jemals einen umgenietet?"

„Sam, komm wieder runter."

„Ja, gut, was wollt ihr mir also mitteilen?"

„Es gibt einen komischen Zusammenhang. In der Nähe von Constance, Germany, ist ein Objekt abgestürzt, das ein seltsames Radarecho hinterlassen hat."

„So? Habt ihr irgendwas gefunden, Trümmerteile vielleicht?"

„Nein."

„Dann seid ihr also nicht sicher?"

„Ja, schon", gibt Miller widerstrebend zu.

„Aber jetzt hören wir von der NSA, dass sie bei einer deutschen Firma nicht mehr ins System reinkommen, seitdem die ein IT-Sicherheitsprogramm von einer Firma gekauft haben, die aus Constance, Germany, ist. Merkwürdig - oder?"

„Zufall?"

„Trotzdem."

„Gut, was soll ich machen? Jemanden hinschicken und die Burschen überprüfen?"

„Immer wieder eine Freude, mit dir zu arbeiten. Genau so machen wir es. Wir lassen jemanden vom deutschen Büro kommen."

Einen Tag später kreuzt der Mann bei ihm auf. Fred Bonami. So viele Italiener. Wie er selbst. Er beordert ihn nach Constance, Germany. Zu dieser Softwarebude. Soll er halt mal nachschauen. Eigentlich ist ihm der ganze Fall scheißegal. Ihm ist alles scheißegal. Außer seiner Frau. Und seiner Rente

Kapitel 13 — Networker

Leon Schetzer muss über seinen neuen Auftrag lachen. Es geht um einen Hackerangriff auf eine Frankfurter Pharmafirma. Irgendwer hat denen für viele Millionen Medikamente geklaut, hauptsächlich Antibabypillen. Die wurden an Frauenorganisationen in der Zentralafrikanischen Republik, in Burundi, in Malawi und in Niger geliefert — gratis. Sogar der Transport wurde von Loropharma bezahlt. Aber nicht freiwillig. Zum Brüllen!

Andere Pharmaunternehmen sind auch betroffen, aber Loropharma hat es angeblich am schlimmsten erwischt. Leon liest die Anfrage, die sein Chef Zeno Berlinger an ihn weitergeleitet hat. Die Geschichte ist in den letzten Tagen in der Presse mächtig breitgetreten worden. Und jetzt überbieten sich diese Buden gegenseitig im Gutmenschentum. Können das wohl nicht mehr zurückdrehen, bis sie irgendwann einen Ausweg gefunden haben. Und das werden sie. Ihm ist diese ganze Pharmabranche mit ihren absurd hohen Gewinnen sowieso suspekt.

Er findet es gut, dass ein offenbar begnadeter Hacker die so weit gebracht hat. Nett, wirklich nett. Tja, jetzt soll er den Hacker fangen. Das ist eben sein Job. Er hat Erfahrung mit solchen Fällen, arbeitet mit ein paar Nerds zusammen, die für ihn die technische Seite erledigen. Die braucht er. Er blickt ganz gut durch, aber sie sind die absoluten Cracks. Dann wird er sich mal dranmachen.

Ein gewisser Michael Mertensberger ist Sicherheits-Chef bei Loropharma. Den ruft er an. Vereinbart einen Termin mit ihm. Gleich morgen.

Bei der Polizei hat Leon eines Tages einfach gekündigt, weil er es nicht mehr ertragen hat, wie clevere Anwälte die übelsten Typen vor dem Gefängnis bewahrten. Wenn es wenigstens zweifelhafte Fälle gewesen wären, aber es ging meistens um Leute, denen man seiner Ansicht nach alles nachweisen konnte. Anwälte führten Formfehler ins Feld, die

Gangster bestachen oder bedrohten Zeugen, die vorher klare Aussagen gemacht und plötzlich alles vergessen hatten.

Bei der Detektei Berlinger verdient er das Dreifache und hat deutlich weniger Stress. Spannend ist es auch. Zeno Berlinger, den Inhaber, kennt er schon ewig. Sie haben sich auf Wirtschaftssachen spezialisiert, wollen keine Jagd auf untreue Ehemänner machen. Leon arbeitet zurzeit nur am Fall eines Betrügers. Früher bei der Polizei hat er immer mit seinen Fällen jonglieren müssen, aber hier kann man sich wirklich konzentrieren.

Seine Kontakte sind erstklassig. Die hat er sich in seiner aktiven Zeit bei der Polizei aufgebaut. Er ist das, was man heutzutage einen *Networker* nennt. Früher hieß das mal, man habe *Beziehungen.* Selbst Mark Zuckerberg, zu dem alle *Sackerbörg* sagen, hat mit Facebook die Beziehungen aber nicht erfunden. Das gab es schon bei den Babyloniern und vermutlich auch noch viel früher. Es liegt nämlich in der menschlichen Natur, sich in der eigenen Rotte wohl zu fühlen.

Schon immer hat Leon jede sich bietende Gelegenheit genutzt, Leuten diesen und jenen Gefallen zu erweisen oder sie zu schmieren, wenn es ging. Und es war erschreckend, wie oft das ging. Besonders schön war es, über Verfehlungen Einzelner hinwegzusehen und später augenzwinkernd um diesen oder jenen Gefallen bitten zu können. Aber er bekommt auch Auskünfte aufgrund von echten Freundschaften.

Leon hat seine beiden Hacker gleich zum Termin mit Mertensberger mitgebracht. Till Beren und Peter Werhaus.

Mertensberger zeigt ihnen alles, was sie sehen wollen. Stundenlang. Sie finden nichts. Till und Peter sitzen da und schütteln abwechselnd den Kopf.

„Nichts, keine Spur, galaktisch", sagt Till.

Peter nickt nur.

„Habe neulich mit dem IT-Chef einer Firma hier in Frankfurt gesprochen. Meyers-Rocke heißen die. Die haben ein neues Sicherheitssystem, das so etwas verhindert hätte. Herr

Mertensberger hat schon Kontakt mit denen. Das ist wirklich überirdisch gut."

„Überirdisch?", fragt Leon.

„Ja, wirklich." Peter gibt ihm die Adresse. „Das Beste, was ich je gesehen habe."

Leon fährt nach Hause. Er hat gar nichts, nicht das geringste Spürchen. Aber das macht ihn in keinster Weise nervös. So schnell wirft er die Flinte nicht ins Korn.

Kapitel 14 — Computer Scientist

Luigi Borgametti ist am gestrigen Abend nach Trapani gefahren und hat sich mit ein paar Freunden in einer Trattoria getroffen. Sie haben gegessen, getrunken, geredet und sie haben über Politik diskutiert. Über die Vereinigten Staaten und über Italien.

Luigi mag den neuen US-amerikanischen Präsidenten. Er sieht immer Fotos von ihm, wie er im Oval Office sitzt und umringt von seinen Vasallen die Probleme des Landes am Telefon löst. Er, Luigi, arbeitet schließlich genauso. Nur telefoniert er alleine, was auch besser ist.

Am Nachmittag ruft er bei Dwellin Agrochemicals an und erfährt, dass sie ein großes Detektivbüro auf den Hackerangriff angesetzt haben. Die hätten eine sehr gute Abteilung für IT-Sicherheit, die mit Ex-NSA-Leuten besetzt sei. Man habe in der Vergangenheit bereits zur beiderseitigen Zufriedenheit zusammengearbeitet. Jetzt säßen die Leute seit einigen Tagen an dem Problem dran.

Die veröffentlichten Daten würden eindeutig belegen, dass das Leck in der IT sei. Die Informationen aus den Zeitungen gäbe es gar nicht in Papierform, die stammten zum Teil aus E-Mails, und daraus könne man auf einen digitalen Einbruch schließen. Aber genau da läge das wahre Problem. Sie hätten keinerlei Spuren gefunden. Ob der Zugriff von innen oder von außen erfolgt sei, wäre egal, er hinterlasse immer Spuren in Logfiles.

Richtig glücklich macht diese Information Luigi nicht. Er ruft Giovanni an. Der meldet sich nicht. Klar, kann im Knast vermutlich nicht frei sprechen. Dann ruft er dessen Kollegen an, sozusagen den Chef des kriminellen Teils von Giovannis Existenz. Und der macht ihn schon fröhlicher. Er erzählt ihm von einem Gespräch mit einer Quelle, die was von einem Verdacht gegen zwei Computer Scientists aus Costanza am Lago di Costanza berichtete.

Er nennt auch die Namen. Herbert Helmqvist und

Thomas Berbusch von Berbusch-Software GmbH, whatever this fucking *GmbH* means. Und er sagt, die Quelle sei beim CIA. Die müssten es ja wissen. Das beeindruckt Luigi. Er hat ja keinen anderen Anhaltspunkt. So hat er sein ganzes Leben lang gehandelt und ist immer gut gefahren. Wenn man nur einen möglichen Schuldigen hat, verfolgt man den und schaut nicht nach links oder nach rechts. Und am besten erschießt man ihn oder lässt ihn erschießen.

Luigi ruft wieder bei Dwellin an. Die sollen gefälligst ihren Privatdetektiven diesen Verdacht mitteilen, ehe sie ihre teure Zeit damit vergeuden, im Nebel herumzustochern. Er habe schließlich gerade genug Geld verloren.

Er wird außerdem selbst ein paar Leute losschicken. Sollen diesen Computerfritzen mal auf den Zahn fühlen.

Nach getaner Arbeit fährt er zu seiner Geliebten Sophia, neunundzwanzig Jahre alt, ein Körper wie eine griechische Göttin, rund und glatt. Mit Anna schläft er schon lange nicht mehr. Aber ein Sizilianer verlässt seine Frau nicht, und Anna weiß von Sophia.

Kapitel 15 — Ystad

Leon hat gleich noch einen Fall reinbekommen. Ganz ähnlich wie Loropharma. Es geht wieder um einen Hackerangriff. Diesmal auf eine amerikanische Agrochemie-Firma. Leon hält auch von dieser Branche nicht viel. Die Symptome der Attacke sind denen bei Loropharma sehr ähnlich. Allerdings haben sie hier nichts umsonst bestellt, sondern nur Informationen geklaut. Heikle Informationen, die nicht direkt für das Unternehmen sprechen. Da haben offenbar einige Mitarbeiter die Firma zum Schmuggeln von Koks missbraucht. Das gibt's.

Es gibt einen Hinweis auf zwei Programmierer aus Konstanz. Das sind wohl die, von denen Peter und Till gesprochen haben. Der Fall kommt über eine amerikanische Partnerdetektei.

Da heißt es, das System der Konstanzer sei unüberwindlich. Für wen? Er hat mit seinem Kollegen in den USA gesprochen. Der hat was von NSA gesagt. Wie das? Da ist er plötzlich schweigsam geworden. Wie geraten die an Informationen von der NSA? Haben die einen Informanten? NSA, CIA? Nein, er habe die Information direkt von der Firma. Dwellin Agrochemicals. Das ist seltsam. Vielleicht haben die gute Kontakte. Angeblich gehören sie zum Teil Loropharma und zum Teil der Mafia. Heiße Kiste. Und — wie angeblich ist das?

Leon legt die Füße auf den Tisch. Er muss nachdenken. Was tun? Tja, er wird einfach mal mit dem anfangen, was er hat. Er wird tatsächlich diese beiden Vögel aus Konstanz checken. Vielleicht kommt dabei was rum.

Zuerst beschafft er sich Auskünfte von der Rentenversicherung in Berlin. Zu seiner Berliner Zeit sind er und seine Frau mit einem Paar gut befreundet gewesen, die beide bei der BfA arbeiteten. Das ist lange vor seiner Scheidung gewesen.

Die Suche nach diesem Softwareunternehmer Thomas Berbusch fördert aber nichts Auffälliges zutage. Dann befasst er sich mit dessen Mitarbeiter Herbert Helmqvist. Der ist

Schwede, was die Sache etwas verkompliziert. Bis nach Schweden reicht Leons eigenes *networking* nämlich nicht. Sie haben aber ein Partnerunternehmen in Stockholm, und die überprüfen Helmqvist. Allerdings dauert das ein wenig. Es gibt ihn, den Herbert Helmqvist. Auch hier ist der Lebenslauf lückenlos nachvollziehbar. Auf dem Papier scheint alles in Ordnung. Aufgewachsen in Ystad mit Schulbesuch und Abitur.

Ausgerechnet Ystad, denkt Leon, die Heimat von Kommissar Wallander, einer Figur des Krimiautors Henning Mankell. Danach Universität in Stockholm mit Abschluss in Physik. Respektabel! Er findet die Anschrift von Helmqvists Eltern.

Leon grübelt. Soll er sich damit zufrieden geben? Über diesen Berbusch hat er sich dank seiner Beziehungen weitere Informationen besorgt. Einer der führenden Programmierer bei einer Schulfreunde-Webseite ist früher mal als Hacker unterwegs gewesen, und Leon hat eine seiner Taten übersehen und nicht an die Staatsanwaltschaft weitergegeben. Der hat ihm alte Schulfotos zugespielt, und darauf ist der Berbusch einwandfrei zu identifizieren gewesen.

Irgendwie fehlt ihm eine Idee, wie er mit der Überprüfung von diesem Helmqvist weiterkäme. So ist das, kaum überschreitet man die Landesgrenze, wird es schwieriger. Er will ja bloß noch ein bisschen stochern, er hat so ein Gefühl. Leon steht auf und geht zu seinem Chef rüber.

„Zeno, ich fliege nach Schweden. Ich bin auf ein paar Fragen gestoßen."

Sein Chef sieht ihn erfreut an.

„Klar, mach nur. Je schneller, desto besser. Du weißt doch, dass du nicht fragen musst."

Leon hat sich daran noch immer nicht gewöhnt. Was war das bei der Polizei für ein Drama, wenn man mal irgendwo hin wollte. Er bucht für den nächsten Tag einen sauteuren Flug nach Kopenhagen. Der Weg über die dänische Hauptstadt und die Öresundbrücke ist der schnellste Weg nach Ystad in Südschweden.

Am Flughafen besorgt er sich einen kleinen

Leihwagen. Aber nicht wie bei der Polizei den allerkleinsten, sondern nur den drittkleinsten. Dann fährt er nach Ystad. Dort sucht er die Adresse von Helmqvists Eltern auf.

Er stellt das Auto ab, geht zu dem freistehenden Haus am Stadtrand, ganz nah am Meer. Er klingelt.

Eine ältere Frau öffnet und sagt etwas, was er nicht versteht. Er versucht es auf Englisch, und das klappt. Er fragt sie, ob der Mann auf dem Foto, das er ihr hinhält, ihr Sohn sei. Sie sieht ihn an, sagt was auf Schwedisch und ruft einen Namen in den Flur – Gunnar oder so.

Dieser Gunnar erscheint und bittet Leon ins Haus. Er wird in ein ziemlich geschmackvoll eingerichtetes Wohnzimmer geführt und setzt sich auf ein Sofa. Die Mutter bringt Kaffee. Der Vater beginnt zu erzählen, dass sein Sohn vor drei Jahren beim Tauchen auf Korsika ertrunken sei und ganz anders ausgesehen habe. Er holt ein Foto. Tatsächlich hat der junge Mann auf dem Bild mit dem anderen Herbert Helmqvist keinerlei Ähnlichkeit.

Leon sagt, dass ihm das sehr leid tue. Er fragt die beiden ganz direkt, wie groß die Trauer noch sei, ob sie schon ein wenig darüber weggekommen seien.

„Hast du Kinder?", fragt der Vater.

Leon erzählt ihm, dass er geschieden sei und zwei Kinder habe. Trotz der Scheidung habe er aber eine ungetrübte Beziehung zu ihnen. Mittlerweile seien sie erwachsen.

Der Vater sagt: „Dann weißt du ja, wie sehr man sich um seine Kinder sorgt, und kannst dir vorstellen, wie sich das anfühlt. Da kommst du nie drüber weg. Wir sind nur froh, dass unsere Tochter zwei Kinder hat und in Ystad wohnt. Das macht es ein wenig leichter. Aber danke, dass du so direkt gefragt hast. Die meisten Leute wollen immer so schnell wie möglich das Thema wechseln. Aber sag doch, warum du überhaupt hier bist und nach Herbert fragst?"

Leon erläutert ihm ausführlich, dass er im Auftrag eines Kunden nachforsche, der einen unerklärlichen Einbruch in seine IT-Systeme hat, und dass er jetzt nach verdächtigen Personen suche. Durch einen Zufall sei der Herbert Helmqvist auf dem Foto ihm ins Visier geraten, und jetzt sei er sicher, dass mit dem etwas nicht stimme, denn der hat sich diese Identität offenbar erschwindelt. Er erkundigt sich noch, warum ihr Sohn denn so heiße, denn Herbert sei ja kein schwedischer Name. So erfährt er, dass er nach seinem Opa benannt sei, der aus Deutschland eingewandert sei. Dann bedankt er sich artig und geht.

Auf dem Weg zurück nach Kopenhagen denkt er darüber nach, wieso seine Stockholmer Kollegen nicht herausgefunden haben, dass Helmqvist tot ist. Er stoppt und ruft dort an. Sie erzählen ihm, sie hätten gute Kontakte zu den Meldebehörden und die hätten nichts von dem Tod gewusst. Seltsam, dass das aus den Behördendaten nicht ersichtlich gewesen ist. Vielleicht hat jemand diese Daten manipuliert. Der Fall wird immer interessanter.

Leon schaltet das Radio an, hört Musik und ist glücklich darüber, dass er einen Schritt weiter ist. Nachdem die Spannung von ihm abgefallen ist, gelingt es ihm dieses Mal, über die Öresundbrücke zu staunen, ein fast acht Kilometer langes Wunderwerk.

Im Flugzeug grübelt Leon über seinen Job, die Jagd sowie den Jagdtrieb und das Jagdfieber. Die Jagd ist ja lange die einzige Überlebensmöglichkeit für die Menschen gewesen, und der Jagdtrieb ist etwas, das sicher tief im Menschen drinsteckt. Das Problem ist, zu merken, wenn man in Jagdfieber gerät. Denn dann jagt man verbissen auch etwas oder jemanden, den man vielleicht gar nicht jagen sollte. Für viele ist das schwierig. Bei der Polizei hat er miterlebt, wie Kollegen gnadenlos Jagd auf Unschuldige gemacht haben. Das hat in zwei Fällen sogar zu Justizirrtümern geführt, und Unschuldige haben hinterher im Gefängnis gesessen.

Nach seiner Rückkehr aus Ystad erstattet Leon Zeno Berlinger Bericht.

„Unser Mann hat eine falsche Identität. Das beweist zunächst gar nichts, außer, dass bei ihm etwas nicht ganz koscher ist.

Kapitel 16 — Bullet

Herbert und Thomas haben einen Konfigurator entwickelt, in dem jeder Interessent für ihre Software seine Bedürfnisse eingeben kann, ein Angebot erhält und bei Online-Kauf genau die Module geliefert bekommt, die er braucht. Entgegen aller üblichen Gepflogenheiten der Branche haben sie das System wesentlich billiger gemacht. Das ist der Preis dafür, dass bei ihnen niemand zur Verfügung steht, der stundenlang mit potenziellen Kunden quatscht und langwierige Präsentationen vor Ort durchführt. Bestellen, bezahlen, downloaden – so einfach geht das. Training bekommt man online, Support auch, wenn's nötig ist. Michael, Steffi und Robert haben sich inzwischen dafür eingearbeitet.

Sie müssten sich sonst ein massives Netz von Händlern aufbauen, Verkäufer anstellen, und das weltweit. Thomas kennt jede Menge Leute, die einen riesigen Glaspalast, Hunderte von Dienstfahrzeugen und eine permanent um den Globus jettende Truppe total geil fänden. Gratis bekommt man dann noch Probleme, die mit dem eigentlichen Geschäft gar nichts zu tun haben, wie die wichtige Frage, welchen Autotyp die Mitarbeiter je nach Hierarchiestufe fahren dürfen oder welche Kfz-Versicherung man auswählt.

Sie wollen mehr Freiheit. Je mehr Sachen man hat, desto mehr Probleme hat man. Manchmal beneidet Thomas Leute, die außer einem Rucksack samt Inhalt nichts besitzen.

Ihre Konkurrenz spuckt Gift und Galle. Jetzt sind sie nicht nur die Besten, sondern auch noch die Billigsten. Es gibt unzählige Varianten von Hardware und Betriebssystemen. Herbert hat es so clever gelöst, dass der Software das vollkommen egal ist.

Thomas hat viel von Herbert gelernt. Er muss zwar den Programmcode immer noch mühselig reinhacken, aber er hat den Stil teilweise übernehmen können. Das spart wahnsinnig viel Arbeit. Er ist etwa dreimal so schnell wie früher. Auch bei der Software für Handwerker benutzt er die Methode. Da

Michael und Steffi daran mitarbeiten, haben sie es ebenfalls gelernt, zumindest in Grundzügen, sodass sie Kunden Rede und Antwort stehen und selbst Hand anlegen können. Das sei genau die Entwicklungshilfe, die sich die Gonim auf die Fahnen geschrieben haben, meint Herbert. Seine Fähigkeit, Software einfach durch Gedankenübertragung auf den Computer zu übertragen, die kann er ihnen allerdings nicht beibringen. Schade für sie. Würde viel Zeit sparen.

Herbert ist viel unterwegs. So ganz ohne Kundenbesuche gehe es eben doch nicht. Loropharma in Frankfurt hat auch bestellt. Thomas sieht irgendwann an Herberts Spesenabrechnungen, dass er überwiegend Chemiefirmen besucht. Er wundert sich. Aber sich wundern ist bei Herbert ja nicht ungewöhnlich. Herbert hat dazu nur gesagt, das seien die diffizilsten Installationen, da müsse er eben mal selbst hin. Ihm stinke das zwar, es sei aber auch ganz interessant.

Als Herbert wieder mal von einer seiner Dienstreisen zurückkehrt, stellt Thomas anhand der Hotelrechnungen fest, dass er in Aserbeidschan und in Bulgarien war.

„Ich will auch mal mit, immer hocke ich hier rum," mault Thomas.

„Gerne, dann ist es nicht so langweilig."

Beim nächsten Termin in Belgien ist Thomas dabei. Er staunt, wie souverän Herbert in kürzester Zeit sämtliche Fragen beantwortet. Danach bittet Herbert um eine Betriebsbesichtigung. Die Mitarbeiter des neuen Kunden steigen sofort darauf ein und führen die beiden stolz durch die Hallen. Herbert seilt sich zwischendurch mal kurz auf die Toilette ab. „Habe mich verlaufen", faselt er, als er nach erstaunlich langer Zeit wieder zu ihnen stößt. Thomas wird stutzig. Hat Herbert Verdauungsprobleme? Herbert verläuft sich nie.

Thomas stellt ihn später zur Rede.

„Spuck es schon aus, was hast du angestellt?"

Herbert druckst herum.

„Sag es dem Onkel, sofort!"

„Na gut, ich verändere was an den

Fertigungsanlagen."

„Häh??"

„Die Sache mit den Atomwaffen ist so gut wie erledigt. Ich habe aber noch einen anderen Auftrag. Soll auch möglichst viele Schusswaffen unbrauchbar machen."

„Also alle Läufe verbiegen oder was? Mit der Planierraupe auf den Knarren herumfahren?"

Herbert lacht. „Da hätte ich viel zu tun."

„Aber wie ...?"

„Ach, ich muss nur etwa dreißig Chemiefirmen auf der ganzen Welt besuchen."

Thomas haut sich mit der flachen Hand an die Stirn.

Herbert kommentiert sarkastisch — wie üblich: „Oh, er ist schon gefallen, der Groschen. So schnell."

„Du veränderst was an den Grundstoffen für die Munitionsherstellung, stimmt's? Und die funktioniert dann nicht mehr."

„Fast, mein Lieber, fast. Es ist noch viel besser. Die Munition zerstört gleich die ganze Waffe. Dabei ist es egal, ob es sich um eine Panzerhaubitze, eine Glock oder eine Kalaschnikow handelt. Am Arsch sind die Dinger alle.

„Heißt das, dreißig Fabriken liefern die Grundstoffe für die Munitionshersteller auf der ganzen Welt?"

„Exakt!"

„Und keiner kommt dir auf die Schliche?"

„Nö, das ist so was Quantenmechanisches, wie so oft bei uns. Ein Teil der Substanz ist weg. Also, er ist nicht weg, er ist nur woanders. Da, wo er nicht hingehört. Und damit wird der Explosionsprozess aufs Innere der Waffe beschränkt. Puff! Sobald die ganze Anlage kontaminiert ist, ist sie für immer versaut."

„Genial", entfährt es Thomas. Er schüttelt den Kopf. „Zu wie vielen Chemiebuden musst du noch?"

„Etwa fünfzehn. Ich schicke dir ein Video, das du Carla zeigen kannst. Wird euch gefallen."

Auf der Rückfahrt wirft Herbert den Maserati wie verrückt in die Kurve.

„Mensch, mach langsam!" Thomas klammert sich an der Armlehne fest.

„Ach, vergiss die Knöllchen. Hab mir ein Rennfahrerprogramm gebastelt", erklärt Herbert. „Könnte in der Formel 1 anfangen und wäre konkurrenzfähig. Mit einigen Tricks würde ich ständig gewinnen."

„Du bist einfach nur fies."

Herbert grinst. „Ich erzähl dir noch was."

Thomas nickt und ist gespannt, was jetzt kommt.

„Auf Goni gibt es ein generelles Prinzip, das jede Menge Probleme löst."

„Und das wäre?"

„Klein."

„Wie, klein?"

„Wir nennen es die *Klein-Klein-Theorie.* Ist ganz einfach. Nichts darf groß sein, kein Land, kein Unternehmen, keine Organisation."

„Und?"

„Na, wenn eine Bank sich verspekuliert, dann geht sie eben hopps. Wenn eine Firma Mist baut, ist sie halt weg vom Fenster."

„Was passiert, wenn eine Firma wie Apple ein sehr erfolgreiches Produkt hat und so groß wird, dass sie damit den Markt beherrscht?"

„Sie wird aufgeteilt, bis sie wieder unter der Grenze ist. Keine Firma darf mehr als zehn Prozent Marktanteil haben. Wobei die Definition des relevanten Marktes nicht immer einfach ist. Dann gibt es eben zwei oder drei iPhones, sind so auch billiger. Kein Staat darf mehr Leute, mehr Sozialprodukt, mehr sonst was haben als zehn Prozent von allem. Und wenn es keine dominant großen Länder gibt, versucht auch keiner, die anderen zu unterdrücken. Geil, was?"

Später schauen sich Carla und Thomas zusammen das Video an, das Herbert geschickt hat. Da stehen drei arabisch aussehende Kerle auf einem staubigen Platz, im Hintergrund kahle Hügel – keine Häuser. Wirre Mähnen und Bärte, Schlappen, Jeans. Einer hat eine Kalaschnikow AK-47 in der Hand.

Mit keinem Waffentyp wurden jemals mehr Menschen getötet als mit diesem. Auf dem Boden liegen noch zwei von den Dingern. Der mit der Waffe redet auf die anderen beiden ein. Er zeigt auf den Abzug, der Lauf ist gen Himmel gerichtet. Er drückt ab, aus dem Lauf kommt ein Wölkchen. Sieht aus wie ein Furz in Weiß. Man hört keinen Schuss, nur das Gequassel. Alle durcheinander. Ist da jetzt die Kugel rausgeflogen? Der, der geschossen hat, beginnt die Waffe auseinanderzunehmen. Geht rasend schnell.

„In dieser Region lernen das ja schon die Achtjährigen", meint Thomas.

Jetzt geht die Kamera näher ran. Das hintere Ende des Laufs ist stark nach allen Seiten hin ausgebeult. Das Metall ist an der Stelle heller. Der englische Kommentar zum Video spricht von einer unerklärlichen Serie. Mit jeder Patrone werde ein Gewehr unbrauchbar. Man schätze, dass in den letzten paar Tagen schon hunderttausend AK-47 in Syrien und im Irak zerstört worden seien. Die Schwarzmarktpreise stiegen enorm an. Bisher koste eine Kalaschnikow AK-47 ab 150 Euro. Die Kämpfer der verfeindeten Gruppen, aber auch die Armeen würden sich nicht mehr trauen, auch nur einen Schuss abzugeben.

„Mensch, Carla!", jubelt Thomas. „Das ist ja wie Weihnachten. Stell dir vor, die müssen ihre Feinde jetzt mühsam mit Messern abstechen. Das wird die Welt verändern. Aber es dauert noch. Es gibt auf der Welt hundert Millionen davon."

„Von was?", will Carla wissen.

„AK-47."

„Mein Gott!“

In der Nacht liegt Thomas lange wach und denkt über Waffen nach und was Herbert da eingeläutet hat. Nach einiger Zeit wären so gut wie alle Schusswaffen unbrauchbar. Was stellt die Mafia dann an? Wenn ein Mafioso in ein Restaurant reinmarschiert und den *pizzo* einziehen will, könnte es passieren, dass der Wirt ihn grinsend ansieht und fragt, wie er denn dieser Forderung Nachdruck zu verleihen gedenke. Es bestünde die Gefahr, dass die Kellner und die Köche mit Messern auf ihn losgehen. Also werden vermutlich auch in diesem Berufsstand einige Arbeitsplätze überflüssig.

Und das Militär? Die Besitzer von Atomwaffen sind vorläufig noch fein raus, denn die denken ja, dass die Dinger noch funktionieren. Aber nur so lange, bis ein hinterfotziger Gonim bekannt gibt, dass dem nicht so ist. Die konventionellen Waffen sind nicht mehr zu gebrauchen. Wie sollen dann Kriege noch funktionieren?

Und auch auf die Flüchtlingskrisen hätte das Auswirkungen. Flüchtlinge würden sich nicht mehr durch Waffen am Betreten eines Landes hindern lassen. Auf der anderen Seite hätten die Leute keinen Grund mehr, ihr Land zu verlassen, wenn ihre Städte und Dörfer nicht mehr von Bomben und Granaten verwüstet werden.

Thomas eilt von da an morgens immer gleich nach dem Aufstehen an seinen PC, nur spärlich mit der Unterhose sowie einem T-Shirt und Latschen bekleidet.

Erst muss er suchen, aber nach einigen Tagen verselbständigt sich das Thema. Alle Kanäle berichten von nicht funktionierender Munition. In den Krisenregionen der Welt haben sich die Kräfteverhältnisse geändert. An manchen Orten packen sie schon die Steinschleudern wieder aus (kein Scherz). Über die Ursachen der defekten Munition wird weltweit gerätselt. Die Russen bezichtigen die Amis, die Chinesen auch. Die Amis bezichtigen die Russen und die Chinesen. Diesbezüglich also alles wie immer.

Ein Sturmgewehr der Bundeswehr schießt daneben, wenn es heiß wird. Thomas fängt an, hysterisch zu lachen, und haut sich auf die Schenkel. Erfinderisch sind sie ja, diese Gonim!

Da muss man erst mal draufkommen. Hoffentlich steht dann keiner da, wo die Patrone tatsächlich einschlägt.

Seit Neuestem fliegen auffallend viele Sprengstoff- und Munitionsfabriken in die Luft, eine in Aserbaidschan, eine in Bulgarien und eine in Tschechien. Nein, das ist schon länger her. Die Dinger explodieren ja auch schon mal von selbst, ohne dass Herbert am Werk war. Hier noch eine Munitionsfabrik in Russland, aber die Nachricht ist auch schon älter. Die nächste geht in Sri Lanka hoch – puff!

Probleme gibt's auch mit Kampfjets. Betroffen sind jeweils amerikanische, europäische und russische Modelle. Na, das

ist ja zumindest fair verteilt!

Kapitel 17 — Bierkönig

Eva und Herbert sind bei Carla und Thomas zum Abendessen eingeladen. Evas Verliebtsein ist glücklicherweise doch größer als ihre Vorbehalte gegen eine Beziehung mit einem Außerirdischen.

„Herbert, was gibt's Neues?", fragt Thomas, während Carla noch in der Küche zugange ist.

„Eva wird bald zu mir ziehen", verkündet der freudestrahlend.

„Mann, das freut mich sehr für euch. Willst du es also versuchen mit dem angeblich schwedischen Gockel aus Goni, Eva?"

Herbert wendet sich beleidigt ab. „Du Hobby-Programmierer!"

„Ich habe beschlossen, Meyers-Rocke den Rocken, nein, den Rücken zu kehren. Aber ich habe einen Vertrag, und den werde ich erfüllen. Es dauert also noch ein bisschen", präzisiert Eva das Vorhaben.

Thomas umarmt zuerst sie, dann ihn. Das rührt Herbert offenbar, denn er schnieft ein wenig. Doch er fängt sich gleich wieder und wartet mit einer weiteren Neuigkeit auf.

„Ich habe einen neuen Auftrag."

„Lass hören!"

„Gonim machen schon lange Ferien auf der Erde, bisher nur vereinzelt, doch jetzt wird das zur Mode und es würden gerne wesentlich mehr von ihnen herkommen als bisher."

Thomas starrt ihn an, muss schallend lachen. „Was, Ferien? Am Strand von Malle und sich bräunen? Und abends in die Großraum-Disco, den *Bierkönig,* zum Komasaufen? Und wie kriegst du überhaupt deine Aufträge aus Goni? Per SMS?"

„Die müssten bei fünfzehn Lichtjahren ja fünfzehn Jahre unterwegs sein", meint Carla, die jetzt zu ihnen gestoßen ist.

Herbert sieht die beiden überheblich an. „Ignoranten. Wir haben zwei neue Wurmlöcher gefunden. Jetzt dauert das nur noch ein paar Tage."

„Aha, und du sollst jetzt Pauschalreisen organisieren, Malle, Phuket und Antalya?", will Carla wissen.

„Nein, es geht um Kultur."

„*Bierkönig* ist auch eine Art von Kultur."

„Sei mal ernst."

„Ich hasse es, ernst zu sein", sagt Thomas. „Geht doch nach Griechenland, die können ein wenig Umsatz gut gebrauchen."

„Hm, Griechenland wäre nicht schlecht", meint Herbert.

„Ich verkaufe meine Firma, dann hätte ich ab sofort Zeit. Ich könnte ins Reisegeschäft einsteigen", schlägt Thomas vor.

„Sie wollen auch Ski fahren."

Jetzt lässt Thomas seinen Oberkörper mit Schwung auf den Tisch fallen. Ein Lachkrampf schüttelt ihn.

„Nackt? Das wird kalt." Der Tisch hat unter dem Aufprall verdächtig geknackt. Herbert sieht Thomas missbilligend an.

Der ist nicht mehr zu bremsen: „Da bin ich dabei, ich habe als Student die Skilehrerprüfung gemacht. Und wegen der Finanzierung rufe ich bei der Mafia an. Da können wir Geld waschen, oder braucht ihr eine Quittung fürs gonische Finanzamt?"

Thomas und Carla prusten. Er ist knallrot im Gesicht. Tränen fließen.

„Wir zahlen keine Steuern", sagt Herbert todernst.

„Ein Film mit Jody Foster hieß *Contact*", fällt Carla ein. „Darin geht es um den ersten Kontakt zu Außerirdischen. Habe den damals gesehen. Erschien mir aber bedeutend weniger profan als das, was wir mit unserem Glückskeks aus dem All hier gerade erleben."

Thomas haut noch einen raus: „Leute, wir steigen ins interstellare Reisegeschäft ein! Wir werden der interstellare Fernbus und wir werden sie grün anmalen, die Raumschiffchen. Aber wie bringen wir die Gonim hierher? Wie groß sind die eigentlich?"

„So um die eins siebzig."

„Aha, etwa wie wir. Aber wollen die denn ganz offiziell Kontakte mit uns herstellen und hier in Erscheinung treten?"

„Nein, das wollen sie zurzeit nicht. Und ich sage euch auch, warum. Denkt mal darüber nach. Wenn hier Gonim auftauchen, werden die Geheimdienste der Amis, der Russen und der Chinesen sie sofort schnappen, um aus ihnen alles rauszuquetschen, was ihr noch nicht wisst. Und das ist viel! Eine Eskalation wäre dann vorprogrammiert."

„Das Problem seid nicht ihr, das Problem sind wir", muss Carla zugeben. „Die Menschen haben erstens Angst vor euch und zweitens ist die Menschheit untereinander so uneinig, eifersüchtig und neidisch. Die Russen würden alles machen, um den Amerikanern zuvorzukommen, und umgekehrt. Wenn da eine überlegene Zivilisation und vor allem Technologie auftaucht, dann will jeder sie unbedingt haben, koste es, was es wolle. Dann kannst du dich in die Südsee verkrümeln oder in die Schweiz, du hinderst die Geheimdienste nicht daran, dich zu holen."

„Wenn die Schusswaffen aber nicht mehr funktionieren, sieht alles ganz anders aus. Jetzt verstehe ich, warum du die zerstören sollst", wirft Thomas ein.

Herbert grinst vielsagend.

„Genau."

Carlas Kopf wackelt nachdenklich hin und her. Eva

steht daneben und hört die ganze Zeit nur zu. Doch auch in ihrem Kopf arbeitet es sichtlich.

„Die Gonim waren übrigens schon öfter auf der Erde“, erklärt Herbert.

Thomas nickt. Ihm hat Herbert schon davon erzählt. „Was? Wo? Wann?“, fragt Carla.

„Um 2000 vor Christi Geburt waren wir das erste Mal in Ägypten. Damals haben wir noch auf Götter gemacht und die Ägypter sind drauf reingefallen. Davon habe ich ein Video.“

„Du hast ein viertausend Jahre altes Video?“, fragt Carla entgeistert.

„Klar.“

„Hast du auch eins mit Jesus drauf?“

„Ja.“

Jetzt sackt sie auf das Sofa. „Der hat ein Video mit Jesus drauf!“

Eva steht der Mund offen.

„Seit damals waren wir regelmäßig hier zu Gast. Bis heute. Aber halt nur in kleinen Gruppen. Letztes Jahr waren ein paar Gonim in Kanada zum Skifahren. Die waren im Nordwesten an einer ganz einsamen Stelle und haben da Tiefschneefahren geübt. Kein Mensch hat etwas davon mitbekommen. Außerdem wollen sie natürlich auch Segeln, Surfen und Kiten. Solche Aktivitäten sind auf Goni gerade groß in Mode, aber bei uns gibt’s nicht genug Wind. Bei euch auf der Erde macht das viel mehr Spaß. Und sie wollen reisen und alte Städte und Kulturdenkmäler besichtigen. Es kann euch übrigens seit Jahren passieren, dass ihr Gonim auf Reisen trefft. Achtet mal auf Asiaten mit einem besonders blassen Teint. Die Gonim verkleiden sich ziemlich gut und mischen sich immer unter große Gruppen. Sie sehen sowieso irgendwie asiatisch aus und benehmen sich auch so. Und im Münchner Hofbräuhaus hocken sie auch zusammen.“

Die drei kommen aus dem Staunen gar nicht mehr raus.

„Aber Herbert, wie sprechen die denn, wenn sie es gar nicht können?“, fragt Thomas.

„Das ist einfach. Wir haben so einen Übersetzer mit vierhundert Sprachen drauf. Winziges Ding. Das sorgt sogar dafür, dass die Mundbewegungen stimmen.“

„Mal angenommen, die Gonim und wir würden offiziell und friedlich zusammenkommen, würdet ihr dann alles preisgeben, was ihr wisst?“

„Auf gar keinen Fall. Wir sind viel weiter als ihr, und das soll auch so bleiben. Vielleicht schafft ihr es ja irgendwann bis zum Mars. *So far from home.*“ Er fängt an, ansteckend zu lachen, muss sich den Bauch halten.

„Die Amis wissen, dass es uns gibt. Zumindest einige von ihnen – *Roswell, Area 51, du erinnerst dich, Thomas*? Die haben sogar ein altes Raumschiff von uns. Sie können nur nicht damit umgehen. Auch das ist schon gedankengesteuert, und die suchen heute noch nach dem Armaturenbrett und dem Gaspedal – na ja, Amis eben.“ Er macht eine kurze Pause. „Bald ist Pfingsten. Habt ihr schon mal darüber nachgedacht?“

Die drei schütteln den Kopf.

„Das ist ja der fünfzigste Tag nach der Auferstehung, gell?“

Thomas nickt.

„An Pfingsten geschah das sogenannte *Pfingstwunder*“, doziert Herbert. Er schaut erwartungsvoll in die Runde. „Euch muss man aber wirklich alles vorbeten. *Vom Himmel her kam ein Brausen und es erschienen ihnen Zungen von Feuer und die Jünger wurden vom Heiligen Geist erfüllt und begannen, in fremden Sprachen zu reden, wie es der Geist ihnen eingab.* Denkt mal drüber nach, ob ihr das irgendwie in Zusammenhang mit einem gonischen Besuch bringen könntet. Und wenn der Groschen je fällt, könnt ihr mich das ja freundlicherweise wissen lassen. – Gibt’s jetzt endlich was zu essen?“

Kapitel 18 — Lockpicker

In aller Frühe hat Leon Schetzer sich mit seinem Wagen in der Nähe des Konstanzer Seerheins vor dem modernen fünfstöckigen Neubau postiert, in dem dieser Herbert Helmqvist wohnt. Jedenfalls der, der sich so nennt. Er kann warten, das lernt man in dem Job. Früh aufstehen auch.

Gegen neun röhrt ein Maserati Quattroporte aus der Einfahrt der Tiefgarage. Er erkennt Helmqvist am Steuer.

Leon duckt sich, als er ihn passiert. Er will ihm gerade hinterher, als ein 3er BMW ihm zuvorkommt und dem Maserati folgt. Wer ist das? Aus den Augenwinkeln hat er gesehen, dass die zwei Typen im BMW relativ jung sind, Anzüge und weiße Hemden ohne Krawatten tragen. Südländer.

„Wird doch nicht die Mafia sein?" Er macht ein Handy-Foto vom Kennzeichen und schickt es ins Büro mit der Bitte, den Halter zu ermitteln. Baden-Badener Nummer. In Baden-Baden gibt es eine Außenstelle der Cosa Nostra, das weiß er.

„Freunde, wem seid ihr auf den Schlips getreten?" Sein Interesse an dem Fall nimmt erneut gewaltig zu. Leon macht sich vom Acker. Hier parkt er nicht mehr, da steht man ja wie auf dem Präsentierteller. Er beschließt, Helmqvist jetzt nicht zu folgen.

Erst nach Einbruch der Dunkelheit kommt er wieder. Sein Büro hat herausgefunden, dass der Halter des BMW ein Sizilianer ist, der im Verdacht steht, mit der Cosa Nostra zu tun zu haben.

Leon schleicht zur Tiefgarage. Er muss nicht lange warten, bis ein Auto herausfährt und er durch das Tor schlüpfen kann. Der Maserati ist nicht da. Die Tür zum Treppenhaus steht offen. Helmqvist wohnt im obersten Stockwerk direkt zum Fluss hin. Nobel, nobel. Leon entdeckt einen Aufgang zum Dach. Bei dem Schloss hilft ihm ein Lockpicking-Set, das beste, das es gibt. So eine schicke Wohnung hat doch vermutlich einen offenen Kamin. Richtig vermutet.

Das könnte gehen. Aus seinem Rucksack zieht er eine dünne Leine heraus. An das Ende der Leine bindet er eine winzige Kamera und ein LED-Licht. Langsam lässt er die Leine in den Kamin hinunter. Er startet eine App auf seinem Handy und betrachtet das Bild auf dem Display. Man erkennt das Ende des Kamins mit der offenen Klappe. Die Wanze muss ein bisschen höher hängen, sonst kann man sie von innen entdecken. Er macht sich eine Markierung, holt das Ganze wieder hoch, nimmt die Kamera und die Beleuchtung ab, bindet die Wanze an das Ende der Leine, lässt sie runter und macht sie fest. Dann verlässt er das Haus.

Jetzt im Frühsommer wird schon niemand den Kamin anzünden.

Auf dem Weg zu seinem Wagen kommt er an einem schwarzen BMW 5er vorbei. Es sitzt jemand drin. Eine Wiesbadener Autonummer. In Wiesbaden ist eine Außenstelle der CIA. Leon schüttelt den Kopf.

„Wen habt ihr denn noch aufgescheucht?"

Leon fährt zu diesem Berbusch. Der ist zu Hause. Mist, er muss noch einen Tag in Konstanz verbringen.

Am nächsten Abend hat er Glück. Jetzt sind Berbuschs ausgeflogen. Hier muss er wieder aufs Dach.

Nach getaner Arbeit schaut er noch mal bei Helmqvist vorbei und stellt fest, dass wieder die CIA und die Mafia vor der Tür stehen. Ob die sich wohl gegenseitig identifiziert haben? Und ihn auch?

„Mann, Mann, Mann." Dann fährt er nach Frankfurt zurück.

Kapitel 19 — Dr. Dolittle

„Und wie ist es jetzt zwischen euch? Herbert hat Tommy erzählt, du seist dir nicht so ganz sicher“, fragt Carla.

Eva hat noch sehr viel alten Urlaub, und nachdem sie sich entschlossen hat, ihren Job an den Nagel zu hängen, ist sie schon wieder in Konstanz bei Herbert. Heute trifft sie sich mit Carla zum Mittagessen in einem sehr schönen Café auf der Konstanzer Marktstätte.

„Na ja, ich mach mir natürlich schon meine Gedanken, wie das werden soll und ob wir überhaupt eine Zukunft haben – würdest du doch auch, wenn du dich Knall auf Fall in einen Mann verliebst und dann entpuppt der sich als Alien, oder?“

„Klar, das verstehe ich.“

„Es hat mich aber dermaßen erwischt, dass ich nicht widerstehen kann und auch nicht will. Er hat so was herrlich Unernstes, Leichtes an sich. Ich habe nach meiner Scheidung vor acht Jahren einige Versuche mit Typen gestartet, aber die waren alle so vernünftig und haben so pseudopsychologisches Zeug gefaselt, da ist es mir immer sofort vergangen. Nein, bei Herbert ist alles anders. Das ist wie so eine Jugendliebe, so unbelastet. Ich kann es gar nicht richtig beschreiben. Es ist einfach nur schön.“

„Das freut mich für dich. Er ist ja auch gar kein richtiger Alien, sondern immerhin aus nur leicht genmanipuliertem Material von der Erde entstanden“, sagt Carla.

„Klingt heftig, wenn man das so ausspricht, aber weißt du was? Mir ist das völlig egal! Ich denke, seine Art hat auch damit zu tun, dass er keine Kindheit gehabt hat. Das hat schon einen Einfluss darauf, wie man ist. Nehme ich zumindest an.“

„Eva, ich bin jedenfalls froh, dass wir uns durch Herbert kennengelernt haben.“

„Du, vor einer Woche habe ich ihn gefragt, ob er

Fahrrad fahren kann. Klar, hat er gesagt. Und stell dir vor, der hat noch nie auf einem gesessen! Er lag nur auf der Nase. Da müssen wir ganz von vorne anfangen. Und das geht bei Erwachsenen nicht so leicht wie bei kleinen Kindern. Ich habe Stützräder vorgeschlagen. Da war er total beleidigt. Dann habe ich ihn nach Tennisspielen gefragt. Wieder dasselbe. Und hinterher schämt er sich immer in Grund und Boden. Als Nächstes habe ich Reiten vorgeschlagen. Da hat er gesagt, das könne er nicht, aber er würde es gerne probieren. Und ich war völlig überrascht. Er kann es zwar nicht, aber es hat wunderbar geklappt. Hinterher habe ich ihn gefragt, warum. Und stell dir vor: Er kann sich mit dem Pferd verständigen. Das ist doch der Wahnsinn. Der versteht Tiere. Ich war fassungslos. Das ist vielleicht eine Wundertüte, mein Dr. Dolittle. Jetzt gehen wir zusammen zum Reiten. Er erklärt mir immer, was meinem Pferd an mir stinkt. Manchmal glaube ich zu träumen."

Carla lacht.

„Er behauptet, in vielerlei Hinsicht sei er wie die Gonim. Die nehmen auch nichts wirklich ernst. Es geht ihnen offenbar wirtschaftlich allen gut, aber sie hätten auch schon Notzeiten erlebt und seien selbst dann gut drauf gewesen. Ein verspielter Haufen scheint das zu sein. Deshalb mag Herbert auch dich und Thomas so sehr. Ihr seid ja auch für jeden Spaß zu haben. Er sagt, dass die Gonim nicht den Ehrgeiz haben, immer von allem mehr haben zu müssen. Viele Probleme, mit denen wir uns im Leben herumschlagen, kennen sie überhaupt nicht, schon gar keine Schwermut. Gonim können anderen Leute wirklich von ganzem Herzen etwas gönnen, ohne dabei Neid zu empfinden. Herbert hat erzählt, dass die Gonim jahrhundertelang versucht hätten, uns Menschen so eine Lebenseinstellung beizubringen. Sie haben den Buddhismus für uns erfunden, das sei der bisher erfolgreichste Versuch gewesen. Der Begründer, Siddharta Gautama, sei auch aus Goni gewesen."

Carla ist normalerweise allergisch gegen Leute, die das Gespräch komplett alleine bestreiten, aber heute stört es sie gar nicht.

„Rede ich zu viel?"

„Nein, mach weiter, ist so spannend."

„Also, Herbert hatte schon mehrere Leben, und er kann sich an die anderen erinnern. Kannst du dir das vorstellen? Er war zum Beispiel beim Bau der Pyramiden dabei. Mit Raumschiffen haben sie das gemacht. Einfach hochgelupft. Gigantisch, oder?"

Carla guckt skeptisch. „Du bist sicher, dass das kein Seemannsgarn ist?"

„Ja, klar. Herbert belügt mich doch nicht!"

Aber so ein leichter Zweifel steht jetzt doch in ihrem Blick.

Kapitel 20 — Kabelbinder

Herbert steht in der Tür zu seiner Wohnung und schnuppert. Er schließt die Tür, zieht die Schuhe aus und schleicht sich ins Wohnzimmer.

Er geht zum Kamin, beugt sich nach vorne, schaut rein, greift hin und reißt die Wanze ab. Er betrachtet sie, steckt sie in die Hosentasche und verlässt die Wohnung. Folgt dem Ufer rund hundert Meter. Da ist ein Restaurant mit Bar. Er setzt sich an den Tresen, bestellt sich ein Viertel Weißwein und schiebt die Wanze unauffällig in eine Lücke zwischen Bartheke und Wand.

„Dann lauscht mal schön“, sagt er grinsend, als er aufsteht und zurück zu seiner Wohnung geht. Er weiß dank seiner speziellen Kenntnisse auf dem Gebiet der Elektronik auch schon, wer ihn abhören möchte: Detektei Berlinger, Frankfurt. Und er weiß auch, wie die an den Auftrag gekommen sind: Dwellin Agro.

Er öffnet die Tür neben dem Tor zur Tiefgarage und betritt sie. Das Licht geht flackernd an. Ein Mann stürzt sich von rechts auf ihn, einer von links. Der von rechts hält ihm eine Pistole an den Kopf und macht „psst, psst“.

Sie drehen ihm die Arme auf den Rücken. Mit einem Kabelbinder fesseln sie ihn und bugsieren ihn auf die Rücksitzbank eines schwarzen BMW-SUV. Ein Mann sitzt am Steuer, die anderen beiden steigen auch ein. Das Tor geht auf und sie geben Gas. Sie fahren Richtung Norden.

Am Konstanzer Flugplatz biegen sie ab, zerren ihn aus dem Auto zu einem Hubschrauber, der da mit langsam kreisendem Rotor steht. Was Größeres. Er wird reingeschoben, dann gehen die Türen zu, sie heben ab.

Positiv ist, dass er jetzt liegen kann. Das ist angenehmer mit den fixierten Armen. Der Flug dauert nicht lange. Nach einer guten Stunde sind sie am Ziel, bringen ihn vom Hubschrauber wieder in ein Auto und in eine Zelle.

Am Morgen wird er in einen Verhörraum geführt. Es folgen zwei Tage Befragungen. Er soll erzählen, woher er kommt, was er gemacht hat und so weiter. Er erzählt alles, was seiner Legende entspricht.

Am dritten Tag untersuchen sie ihn medizinisch. Bringt nichts Ungewöhnliches hervor. Und am vierten Tag kommen ein paar Amis, die offenbar Ahnung von Software haben. Die bringen seinen MAC mit. Herbert staunt, wie ungehindert Agenten im Ausland machen können, was sie wollen. Mit deutschen Gesetzen ist das, was sie mit ihm anstellen, in keiner Weise verträglich.

Besonderes Interesse zeigen sie an seiner Sicherheits-Software. Herbert erklärt ihnen das Programm in einem Englisch mit schwedischem Akzent. Den musste er einüben. Ist nicht im Standardumfang seines Sprachpakets enthalten. Nach einer Stunde merkt er, wie ihre Begeisterung wächst. Das sind echte Koryphäen, die er vor sich hat. Und so hat er leichtes Spiel mit ihnen. Sie wollen wissen, wo er das her hat. Und er erzählt ihnen was von einem verstorbenen Kollegen an einer schwedischen Hochschule, Lehrstuhl für Informatik, der die Idee hatte. Sie hätten das Grundprinzip zusammen entwickelt. Er sei ja eigentlich Physiker und habe seine Leidenschaft für Informatik erst als Assistent an der Uni entdeckt. Er merkt, wie sie förmlich dahinschmelzen. Und sie kapieren schnell. Wenn er ehrlich ist, schneller als Thomas. Obwohl der für so einen Provinzinformatiker erstaunlich fix ist.

Nach fünf Tagen bringen sie ihn nach Konstanz zurück. Sie haben keinen einzigen Anhaltspunkt gefunden, aus dem sie ihm einen Strick drehen könnten.

An diesem Abend feiern sie in Konstanz ein größeres Wiedersehensfest.

Eva, Carla und Thomas waren in der Zeit nicht sonderlich beunruhigt, weil Herbert sie per WhatsApp auf dem Laufenden gehalten hat.

Kapitel 21 — Area 51

„Kannst du mir helfen?“, fragt Herbert am Tag nach der Feier im Büro.

Sind beide etwas angeschlagen. Herbert hat wieder mal zu viel gebechert. Am Ende auch noch ein paar Schnäpschen. Aber er hat einen neuen Geheimtrick mit Magnesium und sieht tatsächlich weniger mitgenommen aus, als Thomas erwartet hat.

„Ja, klar, wobei?“

„Ich brauche ein Raumschiff.“

„Ja, natürlich. Wer braucht das nicht?“, lacht Thomas.

„Nein, im Ernst.“

Er setzt ihm auseinander, dass seines im Untersee liegt und defekt sei. Es fehle ein Teil, etwas vierzig mal zwanzig mal zwanzig Zentimeter groß. Und das Teil gebe es auf der Erde exakt zweimal.

Thomas schüttelt den Kopf. In letzter Zeit hat er immer öfter so ein Ziehen im Nacken, das wohl vom vielen Kopfschütteln rührt.

„Eines liegt im Pazifik in dreitausend Meter Tiefe. In der Nähe von Samoa. Da kommen wir aber schlecht ran. Das andere befindet sich in der Area 51 in Nevada.“

Thomas wird weiß im Gesicht. Und das Kopfschütteln wird stärker.

„Was, ich soll mit dir in eine der am schärfsten bewachten Anlagen der Welt einbrechen und ein Ersatzteil klauen? Wenn sie dich da erwischen, wirst du erschossen.“ Er schnauft tief durch. „Um Gottes willen!“

„Was hat der damit zu tun?“, fragt Herbert.

„Das sagt man so.“

„Pass auf, ich erkläre mal, wie das funktioniert."

Und Herbert schildert ihm runde zwei Stunden lang, wie er sich die Aktion vorstellt. Und am Ende wird Thomas weich. Ihre Frauen dürfen nichts davon wissen. Angeblich müssen sie zu einem schwierigen Kunden nach Las Vegas.

Sie fliegen zusammen dorthin. Und sie gönnen sich Business Class. Arrogante Softwareleute eben. Gründer eines erfolgreichen Start-ups aus Constance, Germany.

In Las Vegas ist es schon dunkel. Sie nehmen ein Taxi zu einer Adresse in einem Außenbezirk und Herbert klingelt an einem unscheinbaren Haus. Ein Mann öffnet, Herberts rechter Arm ist ein wenig vorgereckt. Der Mann sieht ihn an und fällt um. Herbert versucht, ihn beim Fallen ein wenig zu bremsen. Hinter ihm ertönt eine Stimme: „Brad?"

Ein zweiter Mann erscheint. Fällt auch um. Diesmal bemüht sich Herbert gar nicht mehr, den Aufprall zu mildern.

„Das sind zwei Ingenieure. Auch privat ein Paar. Die schlafen jetzt erst mal für einen Tag. Danach haben sie einen leichten Brummschädel, mehr nicht."

„Und jetzt?"

„Wirst du sehen."

„Wie hast du das gemacht, dass die einfach so umfallen?"

„Schau mal."

Herbert streckt den Arm aus. Zum Vorschein kommt am rechten Handgelenk eine Art Armband. Thomas hat es schon gesehen, dachte, es sei ein Uhrarmband. Es ist auch was dran, was man von Weitem für eine Uhr halten könnte.

„Das ist ein Universalgerät. Damit kann man Leute paralysieren, Wunden heilen, alles Mögliche. Gedankengesteuert. Das müssen wir aber zuerst üben."

„Warum hast du es bei deiner Entführung nicht eingesetzt?"

„Lag oben in der Wohnung."

Thomas schüttelt den Kopf.

„Und als sie die Wohnung gefilzt haben, haben sie es zum Glück für eine Uhr gehalten. Idioten."

Sie haben die beiden Herren auf das Doppelbett gelegt. Herbert holt aus dem Badezimmer einen elektrischen Haarschneider, setzt sich mit Thomas vor einen Spiegel im Schlafzimmer und sie passen ihren Haarschnitt dem der beiden Ingenieure an. Brad hat etwa Herberts Haarfarbe, der andere Thomas'. Thomas' Haare sind etwas heller als Herberts.

Als sie damit fertig sind, legen sie sich auf die beiden Sofas im Wohnzimmer.

„Herbert, ich kann jetzt nicht schlafen."

„Wetten, dass?", grinst der.

Herbert richtet die angebliche Uhr auf ihn und Thomas ist weg. Herbert braucht das nicht.

Am Morgen wachen beide exakt um sechs Uhr auf, sind frisch und munter.

„So, jetzt brauchen wir ein wenig Kosmetik."

Herbert hält das Armband auf das Gesicht des ersten Ingenieurs mit den etwas dunkleren Haaren und dann auf seines. Thomas staunt, als er sieht, wie sich Herberts Gesicht dem des Ingenieurs mehr und mehr anpasst. Das macht er auch mit den Haaren. Der Mann hat eher glatte Haare. Herberts lockiger Haarwuchs glättet sich. Und am Ende ist Thomas dran.

„Hält ein paar Stunden."

Thomas wird der gleichen Prozedur unterzogen. Sie werfen einen prüfenden Blick in den Spiegel.

„Passt", konstatiert Herbert. Sie ziehen die Kleidung der beiden an und setzen sich Basecaps auf. Dann packen sie den Inhalt ihrer Rucksäcke in die Taschen der zwei Ingenieure, verlassen das Haus, nehmen deren Auto, einen Buick, und fahren zum Flughafen.

Am Tor zu einem abgesperrten Parkplatz zeigen sie

die Ausweise und parken den Wagen.

„Scheißkarre", murmelt Herbert, als sie aussteigen.

„Jetzt sind wir zwei schwule Ingenieure."

„Ach du Süßer, du", flötet Thomas.

Am Eingang eines separaten Teils des Gebäudes gibt's wieder eine Kontrolle, diesmal mit Fingerabdrücken. Sie kommen zu einem Gate. Dort sitzen schon einige Leute im Wartebereich. Der eine oder andere nickt ihnen zu, sie nicken zurück.

„Du bist Brad Simpson", raunt Herbert Thomas zu.

„Besser als Bart Simpson."

„Fühlst dich wohl gut, bist so witzig."

„Ja, ganz toll", sagt Thomas.

„Ich bin Jacob Cooper."

Nach etwa zehn Minuten wird das Gate geöffnet und sie betreten eine Boeing 737 über die Fluggastbrücke. Die Airline heißt Janet. Nach einem ganz kurzen Flug landen sie in der Area 51. Sie gehen zu einem großen Gebäude.

„Wir arbeiten an einem geheimen Projekt. Man versucht seit siebzig Jahren herauszufinden, wie das Ding da funktioniert", sagt Herbert und deutet auf ein Objekt, das im hinteren Teil des Gebäudes auf einem Sockel steht. „Und heute wird man einen bedeutenden Schritt nach vorne machen."

Herbert nähert sich dem Flugobjekt. Es ist das, was man eine fliegende Untertasse nennt. Etwa zwölf Meter im Durchmesser, oben eine Beule drauf. Die Gangway ist ausgefahren, eine Klappe an dem Gerät steht offen.

Herbert schaut zur Decke hoch.

„Jetzt", sagt er. Er schlendert die Gangway hoch. Thomas folgt ihm.

Als sie drin sind, fährt die Gangway sehr schnell ein und die Klappe schließt sich. Der Apparat hebt ab, beschleunigt und kracht von innen gegen die Wellblechdecke. Der Aufprall war spürbar, aber nicht sehr heftig.

An der Decke knirscht es und die Untertasse hebt sich weiter. Nur die Stützen des Dachs halten das Raumschiff auf. Die erste bricht, weitere brechen.

Nach knapp einer Minute schiebt sich der Apparat langsam aus dem Dach heraus. Er schwebt kurz über der Halle.

Die Säule, auf der das Flugobjekt stand, ist mittlerweile von aufgeregt gestikulierenden Männern umringt. Etwas entfernt hört man ein Heulen. Zwei Kampfjets stehen am Beginn einer Startbahn und nehmen Fahrt auf.

„Nichts wie weg", sagt Herbert.

Das Gerät beschleunigt wie wahnsinnig und schießt senkrecht in den Himmel.

„Na, das war einfach", strahlt Herbert Thomas an.

„Ja, Süßer."

„Hör mit dem Scheiß auf, jetzt sind wir wieder hetero."

Sie müssen noch ein paar Runden um die Erde drehen, weil man tagsüber nicht mit einem Raumschiff in Konstanz landen kann, ohne allzu sehr aufzufallen.

Kapitel 22 — Cazzo

Luigi Borgametti steht auf seiner *terrazza* und kocht vor Wut. Letzte Woche hat er einen lächerlichen Mord an einem aufsässigen Bürgermeister angeordnet. Einen jungen *soldato* haben sie geschickt. Der hat einen einzigen Schuss abgefeuert. Danach war die Pistole kaputt und der Bürgermeister hat ihn nach allen Regeln der Kunst verdroschen, in den Kofferraum seines Autos geworfen und zur Polizei gefahren. An den Ohren hat er den jungen Mann ins Revier geschleift. Die Bullen dort waren zwar alle geschmiert, aber nach diesem Auftritt mussten sie ihn verhaften.

Jetzt hat sich so ein ehrgeiziger Jungstaatsanwalt eingemischt. Sie können ihn nicht erschießen, weil es ständig diese Probleme mit der Munition gibt. In der letzten Woche haben sie bei Tests an die hundert Revolver, Pistolen, Maschinenpistolen geschrottet. Jede dritte Patrone ist defekt. Nur die älteren gehen noch.

„Cazzo."

Luigi ist sicher, dass da wieder der Mann aus Costanza dahintersteckt. Wer sonst wäre zu so was fähig? Seine Kundschafter aus Baden-Baden haben berichtet, dass ihnen nichts aufgefallen sei. Eine Weile habe ein Mann aus Wiesbaden ihn auch beschattet. Sie nehmen an, dass der von der CIA gewesen ist.

Er weiß, dass das Militär ebenfalls Probleme hat. Und die Polizei. Das wiederum freut ihn. Aber er muss etwas unternehmen. Seit die Sache bekannt geworden ist, werden die Leute überall frecher. Die Wirte zahlen den *pizzo* nicht mehr.

Er hat gelesen, dass sich vor dem Firmengelände eines amerikanischen Internetkonzerns fast hunderttausend Demonstranten versammelt haben. Sie verlangten, dass das Unternehmen normal Steuern bezahlt wie jede kleine Firma auch und sich nicht mit trickreichen Manövern darum drückt. Die Polizei kam, um das Gelände zu schützen, aber da sie sich nicht traute, ihre Waffen zu benutzen, wurde sie einfach zur Seite geschoben. Die Demonstranten besetzten die Gebäude, blieben eine Woche da und verhinderten jede Art von Arbeit, bis die Geschäftsführung einen Plan präsentierte, wie die Forderung umgesetzt werden kann.

Luigi schüttelt den Kopf. Die Welt gerät aus den Fugen.

Kapitel 23 — Lago

Thomas besitzt ein Segelboot und ein kleines Motorboot. Das ist jetzt sehr praktisch. Sie sind mit dem Raumschiff in der Dunkelheit im Wald oberhalb von Thomas‘ Haus gelandet. Das Vehikel hat sich nach seiner sanften Landung selbständig im Erdreich vergraben.

Thomas ist hin und weg von dem Gefährt. Aber Herbert sagt, seines sei noch weit besser, kleiner, schneller und moderner. Sie haben das benötigte Teil ausgebaut. War ganz einfach. Jetzt sind sie mit Thomas‘ Motorboot in die Nähe der Stelle gefahren, wo das Raumschiff im See liegt. Im Dunkeln natürlich. Thomas hat Taucherausrüstungen besorgt. Sie haben das Boot an den Anker gehängt und sind zum Raumschiff getaucht. Dort haben sie das kaputte Teil aus- und das Ersatzteil eingebaut. Das sei quasi der Antrieb, der keiner sei – wieder so was Quantenmechanisches. Das Raumschiff samt Insassen werde einfach woandershin verfrachtet. Die Schwerkraft von Körpern könne man damit selektiv an- und abschalten. Thomas versucht gar nicht erst, das zu verstehen, Hauptsache, es funktioniert.

Sie haben sich reingesetzt, die Klappe geschlossen, und das Raumschiff ist vom Grund des Sees gestartet, als ob das gar nichts sei. Das Wasser im Schiff ist einfach verschwunden. Nur etwas verdreckt war das Gefährt innen.

Das hat Thomas enttäuscht, der Dreck hat so etwas Profanes an sich, gar nicht außerirdisch. Er hat Herbert gleich mit diesem Manko konfrontiert, aber der hat nur gegrinst.

Thomas ist an der Oberfläche ausgestiegen und hat sein Boot wieder zurückgefahren. Dann ist er ein Stück rausgeschwommen, Herbert hat ihn aufgenommen und sie haben zum Test eine Runde um Europa gedreht und sind schließlich in dem Wald gelandet.

Der Flugapparat sieht spartanisch aus. Im hinteren Teil sind vier Liegen, vor denen je ein vorsintflutlicher Vorhang baumelt. Ist alles noch etwas feucht, aber der Dreck ist weg.

„Zufrieden?“, fragte Herbert, äußerte sich aber nicht dazu, wie er das in so kurzer Zeit geschafft hat, als Thomas das Boot weggebracht hat. Mit Lappen und Putzmitteln jedenfalls nicht.

Vorne sind zwei Fenster, die in den von außen sichtbaren Höckern sitzen. Die ganze Kiste ist von innen gänzlich unverkleidet. Irgendwie erinnert es an das Interieur von Rennyachten. Das Material wirkt wie Carbonfaser, fühlt sich aber anders an. Alles ist rund, keine scharfen Ecken oder Kanten, keine Schrauben oder Nieten. Herbert nennt das Raumschiff Gurke.

Kapitel 24 — Lost

Herbert kommt am Abend bei Carla und Thomas vorbei und teilt ihnen mit, er müsse für ein paar Tage weg.

„Was hast du vor?"

„Atomwaffen", flüstert er. „Die haben bei den in Deutschland stationierten ein Update gemacht. Muss ich demolieren."

Thomas und Carla wollen es lieber nicht genauer wissen.

„Pass auf dich auf!"

„Bin in Eile." Er springt in den Maserati und zischt ab.

Bei den Sicherheitssystemen haben sie in der Zwischenzeit einen Auftragsbestand in Höhe von fast einer Million. Auch das Handwerkersystem läuft besser, seit Thomas die Programmierung à la Herbert umgestellt hat.

Alle Mitarbeiter bekommen mehr Gehalt und einen Bonus, der sich am Gewinn orientiert. Damit sollten sie zufrieden sein, denn das könnte auf das Doppelte des Bisherigen hinauslaufen. Und Thomas hat schon immer ziemlich gut bezahlt.

Herbert fehlt ihm. Der lässt nichts von sich hören, auch bei Eva nicht. Müssen sie sich Sorgen machen?

In der folgenden Nacht schläft er schlecht und wälzt sich hin und her. Linke Seite, rechte Seite, Rücken und das Ganze wieder von vorn. Irgendwann fällt ihm ein, dass er ja mal die Standorte für amerikanische Atomwaffen in Deutschland googeln könnte. Wäre ja möglich, dass man Herbert erwischt hat und irgendetwas durchgesickert ist. Vor seinem inneren Auge sieht er Herbert mit Kabelbindern gefesselt auf einem Stuhl sitzen. Ob Waterboarding noch praktiziert wird? Er weiß nicht, ob Herbert sein Schmerzempfinden abstellen kann oder sonst irgendwelche Tricks drauf hat, um sich zu retten. Vielleicht kann er ja die Folterknechte mit der Kraft seiner Gedanken in die Ecke schleudern, aber dann kämen wohl sofort neue angerannt. Darüber fällt er in einen unruhigen Schlaf.

Am Morgen fängt er im Büro sofort mit der Googelei an. Laut Wikipedia gibt es atomare Waffen in Deutschland nur noch am Fliegerhorst Büchel. Wo zum Teufel ist der denn? Er liest den Artikel ganz und erfährt, wie viel von dem Zeug früher in Deutschland stationiert war. Das waren erschreckende Dimensionen – bis zu fünftausend Stück! Igitt. Und das ohne die aus der Ex-DDR.

Aha, Büchel ist in Rheinland-Pfalz bei Cochem. Angeblich sind da noch zwanzig solcher Sprengkörper deponiert. Über irgendwelche Vorfälle in den letzten Tagen findet er im Internet — nichts. Trotzdem lässt ihm das keine Ruhe. Am besten, er fährt hin und schaut sich da selbst mal um. Er sagt seinen Mitarbeitern und Carla Bescheid und fährt los. In vier Stunden sollte er da sein.

Atomtechnologie. Früher war er einer der Demonstranten auf den Baustellen der Atomkraftwerke. Er hat diese Technologie schon immer als riskant empfunden. Was wäre, wenn sie den falschen Leuten in die Hände fallen würde? Noch schlimmer sind natürlich atomare Waffen. Und der Gedanke, dass Herbert die wirkungslos macht, gefällt ihm saugut. Den Ausstieg aus der Kernenergie hält er ebenfalls für vollkommen richtig, nur steigen Länder, die es sicher weniger gut im Griff haben als zum Beispiel Deutschland, gerade erst ein. Haben Tschernobyl und Fukushima nicht gereicht?

In Alflen, einem kleinen Ort in der Nähe von Büchel, quatscht er auf der Straße einen alten Mann an, der schon zu früher Stunde auf einer Bank sitzt. Er erzählt ihm was von einem Freund, einem Atomwaffengegner, der hier in der Gegend protestiert habe und verschwunden sei. Zu sagen, dass der in einem Maserati unterwegs sei, traut er sich nicht. Atomwaffengegner imm Maserati? Na ja.

Der alte Mann sieht ihn zweifelnd an. Wann das denn gewesen sei?

Vor einer guten Woche. Der Alte schüttelt den Kopf.

„Hann isch nix jehört. Jung, frach doch mal in Büschel."

Thomas bedankt sich und fährt nach Büchel, aber vorher klappert er noch Driesch, Weiler und Gevenich ab, fragt auch dort herum und steuert erst dann Büchel an. Er wundert und freut sich darüber, dass er überall alte Männer auf Bänken findet. Leider wissen die nichts von verschollenen Atomwaffengegnern. In Faid sind es ein paar Jugendliche, die er an einer Bushaltestelle anspricht. Wieder nichts. Nachdem er Lutzerath, Wagenhausen und Demerath abgeklappert hat, denkt er übers Aufgeben nach. Das bringt ja nichts. War vielleicht doch etwas kopflos, ohne irgendeinen Anhaltspunkt hierherzukommen.

Schließlich verfranzt er sich auch noch. Das Navi schickt ihn erst in die eine Richtung, dann sagt es plötzlich, er solle umkehren. Aber da erblickt er ein weiteres Hinweisschild, auf dem Urschmitt steht. Also gut, Urschmitt halt auch noch. Und wieder nichts.

Thomas ist frustriert. Der Magen hängt ihm sonst wo. Da entdeckt er einen Wegweiser zur Moselschleife. Die hat er sich schon immer mal anschauen wollen.

In Bremm landet er in einem urigen Gasthaus. Er setzt sich an einen freien Tisch. Viel ist nicht los und der Wirt bringt ihm die Speisekarte. Als sein Essen auf dem Tisch steht, fragt er ihn nach seinem Freund, dem Atomwaffengegner. Der Wirt mustert ihn und grinst.

„Irgendwie wirken Sie nicht wie jemand, der Atomwaffengegner als Freunde hat." Er zeigt auf Thomas' Klamotten, die eher langweilig sind. Helle Jeans, Poloshirt.

Da hat er schon recht. Thomas hat aber auch nicht gelogen. Herbert ist sicher sein Freund und gegen Atomwaffen hat er auch was, so viel steht fest. Nur demonstrieren kann man das kaum nennen. Was Herbert macht, das geht wesentlich tiefer. Eher in Richtung demolieren.

Der Wirt denkt nach, murmelt etwas, was er nicht versteht, verschwindet kurz und kommt mit einigen ziemlich zerfledderten Zeitungen zurück. Er blättert in der ersten, dann in der zweiten. In der dritten findet er, was er gesucht hat. Er gibt ihm die Zeitung und zeigt auf einen kurzen Artikel mit Foto. Da ist ein Typ mit wirr vom Kopf wegstehenden Haaren und Norwegerpulli zu sehen. Die Artikelüberschrift lautet *Atomwaffengegner festgenommen.* Thomas prüft das Bild, aber das kann selbst bei den tollsten Verkleidungskünsten nicht Herbert sein. Es ist so ein Dicker mit breitem Gesicht und rotem Vollbart. Er schüttelt den Kopf. Der Wirt meint, er könne das Käseblatt gerne behalten.

Thomas seufzt. Es wird ihm wohl nicht anderes übrig bleiben, als unverrichteter Dinge wieder nach Hause zu fahren. Doch als er das Navi einstellt, überlegt er es sich anders und beschließt, vorher noch mal die Lagerstätte für die Atombomben zu umkreisen.

Also fährt er erst wieder nach Büchel. Das dauert bei permanenter Überschreitung der zulässigen Höchstgeschwindigkeit knapp zwanzig Minuten. Kurz vor Alflen führt die Straße in einer Schleife um den Flugplatz herum. Auf dem Parkplatz links neben der Einfahrt zum Gelände entdeckt er zwischen Büschen und Bäumen etwas Braunes. Da steht er, Herberts Maserati! Er hält an und stellt den Motor ab, schnappt sein Handy und ruft Eva an.

„Ich habe sein Auto gefunden."

„Wo?"

„Am Fliegerhorst Büchel in der Eifel – da, wo die Bomben liegen." Er beschreibt ihr kurz seinen Standort.

„Bleib, wo du bist! Ich beeile mich."

Bevor Thomas noch etwas erwidern kann, hat sie aufgelegt.

Thomas nutzt die Wartezeit für eine Mütze Schlaf.

Eva klopft an die Seitenscheibe. In der Hand hält sie einen Hammer und einen Lappen.

„Komm mit." Schnurstracks marschiert sie auf den Quattroporte zu und will mit dem lappenumwickelten Hammer die Scheibe einschlagen.

„Eva, nicht, der hat sicher eine Alarmanlage, da trommeln wir doch die ganze Gegend zusammen."

„Ich dachte, vielleicht finden wir irgendeinen Hinweis im Auto.

Thomas hat in der Zwischenzeit Gelegenheit zum Nachdenken gehabt.

„Wir können ja schlecht bei den Amis klingeln und fragen, ob sie einen Alien aufgegriffen haben. Aber genau das muss passiert sein. Denn wenn Herbert in die Nähe eines elektronischen Geräts mit Netzanbindung gekommen wäre, hätte er bestimmt Kontakt mit uns aufgenommen. Also ist er abgeschirmt, sitzt vermutlich in einem Keller umgeben von meterdickem Stahlbeton. Trotzdem sollten wir mal um den ganzen Flugplatz herumlaufen. Ich habe zwar wenig Hoffnung, dass das was bringt, aber vielleicht haben wir ja Glück."

Eva denkt nicht lange nach. „Versuchen wir's!"

Und schon stapft sie los. Es ist mittlerweile fast dunkel. Die Landebahn ist drei Kilometer lang. Das würde eine ausgedehnte Nachtwanderung werden. Aber ihr Alien ist es ihnen wert. Sie halten sich nahe am Zaun und hoffen, dass hier nicht auch noch Soldaten patrouillieren. Im Dunkeln geht es nur langsam voran. Thomas' Taschenlampe benutzen sie nicht, um nicht aufzufallen.

Nichts passiert. Am Ende der Landebahn sichten sie ein paar grölende Gestalten – vermutlich besoffene Jugendliche. Denen weichen sie aus, umrunden den gesamten Flugplatz und brauchen dafür über drei Stunden. Enttäuscht drehen sie ab und laufen auf die Gebäude am Rande des Flugplatzes zu.

Kurz vor dem Parkplatz geben ihre Handys fast gleichzeitig Laut. Eine WhatsApp von Herbert! Er hat sie an beide geschickt. Er schreibt, die Bewacher des Stützpunkts hätten ihn erwischt und wollten ihn in die USA bringen. Der einzige Weg, ihn zu befreien, sei, die Gurke zu holen. Eva sieht Thomas fragend an. Gurke? Er erklärt es ihr.

Fahrt sofort los und ihr werdet schon sehen. Aber lasst ein Handy da. Legt es dorthin, wo ihr die WhatsApp erhalten habt.

Thomas‘ Handy hat eine wasserdichte Schutzhülle und der Akku ist fast voll. Also nehmen sie das.

Gegen zwei Uhr nachts kommen sie in dem Waldstück in der Nähe von Thomas’ Haus an. Herbert instruiert sie per WhatsApp, einen Code auf Evas Handy einzugeben.

Ein Summen ertönt, und etwa zwanzig Meter entfernt taucht die Gurke aus dem Boden auf, der elliptisch geformte Körper mit den typischen Höckern an den Seiten und den komischen Stummelflügelchen. Die Klappe öffnet sich ohne jedes Geräusch — nicht wie in Science-Fiction-Filmen, wo es dabei immer summt oder zischt. Wahrscheinlich ist das nur die eingeschränkte Phantasie der Regisseure, die nicht in der Lage sind, sich Technologien vorzustellen, die es nicht schon gibt.

Wieder sollen sie eine Nachricht mit einem bestimmten Code verschicken. Die Antwort erfolgt sofort.

Ihr braucht jetzt nichts mehr zu tun.

Sie nehmen auf den beiden Sitzen zwischen den Höckern Platz und warten auf das Abheben. Man spürt nichts dabei. Thomas kennt das ja schon. Er fordert Eva auf, mal nach unten zu schauen. Die bekommt einen Schrecken, als sie die Erde aus etwa fünfhundert Kilometern Höhe sieht. Der Schall schafft tausend Kilometer, aber er braucht eine Stunde dazu. Wie kriegen die Gonim das hin, dass man die Beschleunigung nicht bemerkt? Eva kneift sich in den Unterarm. Dann fällt ihr auf, dass sie ganz normale Schwerkraft wie auf der Erde spürt.

Sie sitzt da und schaut mit offenem Mund zum Fenster raus, wirkt wie ein kleines Mädchen, das zum ersten Mal Schnee sieht oder das Meer. Sie ist Ingenieurin, also ist ihr Technisches nicht fremd. Aber das hier haut sie um.

In dem Moment wird die Erde wieder sehr schnell größer. Sie stürzen mit einer aberwitzigen Geschwindigkeit auf ein Gebiet zu. Viel erkennen sie nicht.

Eva zieht zischend Luft ein und starrt nach draußen. Sie werden immer langsamer und schweben jetzt ein paar Meter über dem Boden. Und richtig, Thomas erkennt eine Betonbahn unter ihnen. Aber schon heben sie wieder ab. Sie beschleunigen und alles wird rasend schnell kleiner. Mist, es ist schiefgegangen!

„Kuckuck!“

Sie reißen die Köpfe herum, und da steht Herbert und strahlt sie an.

„Hast du dich hergebeamt? Wie geht das?“

„Das hat irgendwas mit der krummen Raumzeit zu tun, kapiere ich auch nicht so richtig, ist aber ganz einfach.“

Gut sieht es aus, das fröhliche Herbertchen aus dem All! Spontan umarmt er ihn und klopft ihm auf den Rücken.

„Bin ich froh, dich zu sehen!“

Und schon ist Eva da, reißt Herbert in die Arme. Diese Umarmung fällt deutlich zärtlicher, sanfter und länger aus. Jetzt knutschen sie auch noch.

Er umklammert sie wie ein Tintenfisch. Zögerlich lassen sie voneinander ab.

„Die Amis haben mich geschnappt.“

„Hey, erzähl erst mal, was die ganze Aktion überhaupt sollte.“

Er lässt sich nicht länger bitten. Hat den Maserati geparkt, dann hat er gewartet, bis es dunkel war. Für das, was er vorhatte, musste er ziemlich nah an die Sprengköpfe heran. Natürlich wäre das auch mit dem Raumschiff gegangen. Das hätte aber leider wieder Berichte über UFO-Sichtungen zur Folge gehabt, so wie vor einiger Zeit in Belgien. Die hat er unbedingt vermeiden wollen. Daher hat er es zu Fuß probiert. Von außerhalb des Zauns ist er nicht nahe genug herangekommen, und deshalb hat er den Zaun ein wenig „gedehnt“, wie er sich ausdrückt.

„Du hast ein Loch zum Durchschlüpfen reingeschnitten?“

„Im Prinzip schon, aber natürlich auf die quantenmechanische Art. Die Amis haben aber einen schlauen Zaun, der merkt, wenn an ihm rumgefummelt wird. Das funktioniert mit einem Lichtwellenleiter. Hätte ich denen gar nicht zugetraut. Als ich drin war und es erledigt habe, wollte ich zurück durch das Loch im Zaun. Ich wäre in null Komma nix wieder draußen gewesen und mit dem Maserati abgedüst zu meiner Eva nach Frankfurt." Verliebt schaut er sie an.

Aber da haben ihn mehrere schwer bewaffnete Soldaten geschnappt.

„Ich bin schneller als Usain Bolt, aber wenn einem solche quadratischen Zwei-mal-zwei-Meter-Klötze von Marines oder was weiß ich im Weg stehen, dann hilft auch das nicht."

Und so haben sie ihn eingekerkert und tagelang befragt.

„War aber harmlos, kein Waterboarding." Er lacht.

Sie hätten ihn schon längst laufen lassen, aber die kunstvolle Bearbeitung des Zauns hat sie irritiert.

„Und sie waren sauer, weil sie mich nicht identifizieren konnten. Ich hatte keine Papiere dabei. Meine DNA gibt's in keiner Datenbank, meine Fingerabdrücke auch nicht, der Maserati hätte ihnen nichts gesagt, aber den haben sie witzigerweise gar nicht gefunden oder mit mir in Verbindung gebracht, obwohl er direkt vor der Tür stand. Ich habe waschechten Boston accent gesprochen, weshalb sie mich wohl für einen Ami hielten. Sie wollten mich in die USA bringen. Ihr hättet mich zwar auch da befreien können, aber das hätte länger gedauert. Und ohne dich kann ich nicht sein, ohne dich …", singt er Eva an.

„Das ist Rammstein."

Er nickt. „Meine Lieblingsband."

„Und warum brauchst du uns in der Gurke?", fragt Thomas.

„Weil das Teil nicht ohne Insassen fliegt. Ich werde das ändern. Für alle Fälle."

„Aber wieso spürt man die Beschleunigung nicht?", will Eva wissen.

„Stell dir doch mal vor, du beschleunigst von null auf fünfzigtausend Stundenkilometer in einer Minute. Das ist mehr als das Zehnfache dessen, was dein Körper zur Not aushalten könnte. Da haben unsere Ingenieure was Schlaues entwickelt. Die Gonim sind harte Burschen, aber das würden selbst sie nicht überstehen.“

„Die Kiste ist ja wohl auch ein bisschen teuer – oder?“

„Gar nicht so schlimm. Wenn ich‘s auf eure Einkommen umrechne, dann kostet die Mühle etwa so viel wie drei Maserati, und man kann deutlich mehr damit machen. Und, wenn ich den Maserati ein halbes Jahr eingrabe, kann ich ihn wegschmeißen. Die Türdichtungen taugen nichts. Die Gurke braucht überhaupt keine Türdichtungen.“

„Wieso sind da so primitive Vorhänge drin?“

„Die gehören nicht zur Serienausstattung, sondern werden nur angebracht, wenn Menschen mit Schamgefühl mitreisen. Gonim sind da nicht so zimperlich. Die haben’s nicht so mit Privatsphäre.“ Er lacht und zwinkert Thomas zu, dem er ja schon mehr über das freizügige Sexualleben der Gonim erzählt hat.

Sie fragt nach Innenverkleidungen für die Kabine.
„Verkleidung ist pure Idiotie, so was gibt’s bloß noch bei euren veralteten Flugapparaten von Airbus oder Boeing. Sag mir mal, was eine Innenverkleidung nützt? Das ist doch nur ein ästhetisches Teil ohne jeden Nutzen. Die Zukunft ist die Zeit der Perfektionierung, und Perfektion ist unter anderem das Weglassen von Überflüssigem.“

„Du, Herbert, die Amis haben doch jetzt deine DNA, Fotos und Fingerabdrücke. Das ist brandgefährlich“, wechselt Thomas das Thema.

Herbert strahlt ihn an. „Lieb von dir, dass du dir da Gedanken machst. Die Amis haben Fingerabdrücke und DNA und Fotos, von denen sie *glauben*, dass sie von mir sind. Selbst auf den Fotos würde mich nicht mal mein bester Freund erkennen. Und der bist du.“

Thomas ist gerührt. Und beruhigt. Herberts Fähigkeiten im Umgang mit elektronischen Geräten sind schon recht hilfreich.

„Schaut mal raus!“, fordert Herbert sie auf.

Thomas erblickt die Erde als Kugel — viel kleiner als vorhin.

„Wahnsinn, wie schön!“

„Gegen diese Beschleunigung kann der Maserati abstinken, gell? Aber mit dem Maserati macht es mehr Spaß, weil man was spürt.“

Nachdem Eva und Thomas sich sattgesehen haben, kommt Herbert auf seinen Auftrag zurück und erklärt, dass die Gonim die atomaren Sprengsätze schon seit Jahrzehnten außer Gefecht setzen.

„Die Amis und die Russen haben immer gedacht, sie würden sich gegenseitig bedrohen. Dabei würde gar nichts passieren. Ist für uns dank einiger neuer Erfindungen glücklicherweise nicht mehr so aufwändig wie früher, aber es ist immer noch mühsam, nah genug heranzukommen. Und ein bisschen nervig, wenn man erwischt wird.“ Er lacht.

„Schlagen die jetzt keinen Alarm?“

„Wieso sollten sie, ich liege doch unten im Keller auf der Pritsche.“

„Wie bitte?“

Er erklärt ihnen, dass er sich sozusagen verdoppelt habe.

„Ich weiß auch nicht genau, wie das funktioniert. Ihr wisst ja, die Gonim kennen sich in Quantenmechanik aus. Hat mit aufgewickelten Dimensionen, Calabi-Yau-Räumen und so zu tun. Allerdings kann nur einer in dem Doppelzustand was machen, der andere liegt bloß untätig rum. Wenn sie mich wecken, werde ich mich vor ihren Augen in nichts auflösen. Die Gurke haben sie aber eben gesehen. Dennoch wird das die Öffentlichkeit nicht erfahren. Top secret.“

„Und was denken die dann, wenn du dich hier in der Nähe ihrer Atomwaffen rumtreibst?“

„Die denken genau das Richtige, aber sie finden bei der Überprüfung ihrer Systeme nichts, gar nichts, so was von nichts", gackert er. „Bis jetzt jedenfalls. Ich hoffe, sie lernen nichts dazu."

„Könntest du auch an mehr als zwei Stellen gleichzeitig sein?"

„Daran arbeiten wir. Wie an so vielem. Passt mal auf."

Plötzlich befinden sie sich im Freien. Die Wände des Raumschiffs sind komplett durchsichtig. Man sieht nur noch ein paar Einbauten, die Sitze, die Höcker an den Seiten und ein paar technisch wirkende Gegenstände.

„Ich war übrigens in einem Keller mit dicken stahlarmierten Betonmauern, aber es gab einen Lüftungsschacht. Wenn ihr nicht auf die Idee mit der Nachtwanderung gekommen wärt, säße ich immer noch im Loch. Na ja, eigentlich bin ich da ja noch präsent. Aber das kann man ändern."

Er sieht einen Augenblick lang aus, als ob er sich auf etwas konzentriert, und strahlt gleich wieder.

„So. Jetzt nicht mehr. Ist auch ein wenig anstrengend, so ein Doppelleben."

„Da könnten wir ja mal einen Dreier machen, ich und du und noch mal du?", schlägt Eva vor.

„Nein, Eva, leider nicht. Wie ich gesagt habe, mein Doppelgänger liegt nur rum. Der kann noch nicht mal zuschauen."

Sie kichern wie Backfische und Thomas fühlt sich gerade komplett überflüssig.

„Ich wollte mit euch schnell zum Mond", sagt Herbert und sieht sie erwartungsvoll an.

Eva stammelt nur irgendwas, und Thomas bringt vor Überraschung auch keinen vernünftigen Satz heraus.

„Wird nicht lange dauern. Wir haben jetzt eine ganz schöne Geschwindigkeit drauf und sind in gut drei Stunden da. Mars oder Venus würden etwas länger dauern, aber der Mond ist ein Klacks. Heute Abend sind wir wieder zu Hause."

Thomas reibt sich den vom Kopfschütteln schmerzenden Nacken.

„Wenn das so weitergeht, muss ich mir bald einen Chiropraktiker suchen."

Es ist ein wahnsinniges Gefühl, durch den Weltraum zu schießen. Der Mond wird immer größer. Sie umkreisen ihn und landen neben den von den Amerikanern zurückgelassenen Spuren.

„Schaut, da steht das LRV. So eine Sauerei, sein Mondauto einfach stehen zu lassen. Wir haben damals schwer gestaunt, als die Amis mit dieser wackeligen Blechbüchse auf den Mond geflogen sind. Aber es hat gehalten. Mit bescheidenen technischen Mitteln haben sie das toll gemacht. Gute Ingenieure. Und das ist für euch zwei das Ende aller Verschwörungstheorien, die Amis seien nie hier gewesen."

Der Mond sieht aus, wie man das von Fotos kennt. Das Schlimme ist ja, dass man sich so schnell an scheinbar Unmögliches gewöhnt. Als sie beschließen, zurückzufliegen, finden Eva und Thomas es schon nicht mehr so unfassbar.

„Du sagst, es sei schön auf der Erde. Wie ist es denn auf Goni?", fragt Thomas.

„Die Gonim finden Goni wunderschön. Ich habe offenbar andere Schönheitsideale. Mir gefällt es weniger. Das mag aber auch an den fehlenden Frauen liegen. Goni ist deutlich kleiner als die Erde. Der Umlauf um das Zentralgestirn dauert etwa drei Jahre. Unsere Sonne ist weiter weg und größer. Ein Tag dauert etwa acht Stunden."

„Und wann schlaft ihr dann?"

„Kürzer und öfter."

„Gibt es Jahreszeiten?"

„Ja, jedenfalls in der Nähe der Pole, aber kein Winter mit Eis und Schnee. Dank der ausgeprägten Regenzeiten ist Goni das ganze Jahr über ziemlich grün, statt Bäumen haben wir aber nur Dickicht und Sträucher. Es ist feucht und immer warm. Meer und Salzwasser kommen auf Goni nicht vor, nur kleine Seen, viel kleiner als der Bodensee. Deshalb sind die Gonim ja auch so scharf drauf, auf der Erde Urlaub zu machen. Unsere Atmosphäre ist ähnlich wie hier, wir haben aber nicht so einen blauen Himmel, eher diffus und manchmal rötlich."

„Wie groß ist eure Bevölkerung?"

„Die wurde gewaltig reduziert."

„Was?", fragt Eva entsetzt.

„Nicht, was du denkst. Wir haben keine Leute massakriert, wir haben unsere Reproduktion in den Griff bekommen. Es waren schon mal drei Milliarden. Jetzt sind wir bei etwa einer Milliarde. Das ist toll, wenig Umweltdreck, viel Ruhe, niedrige Immobilienpreise. Das wäre so wie drei Milliarden Menschen auf der Erde – fantastisch wäre das, oder?" Er macht eine Pause. „Langt das fürs Erste?"

„Das klingt doch ganz nett. Und was behagt dir dann nicht, mal abgesehen von der Frauenquote?"

Er windet sich ein wenig. „Ich weiß es auch nicht so genau. Eigentlich habe ich mich von meinem Herstellungsdatum an dort unwohl gefühlt. Unterm Strich ist es gar nicht so übel, das stimmt schon, aber als ich hier zum ersten Mal am Meer stand, da wusste ich, wo ich wirklich hingehöre.Die Erde ist das Schönste, was ich je gesehen habe. Umso schlimmer, wie ihr Deppen sie kaputt macht. Ihr seid einfach zu viele. Und es gibt so viele Leute, die sozusagen auf die Umwelt scheißen."

Schweigsam fliegen sie nach Hause, sind mit Absicht langsamer als beim Hinflug, damit sie im Schutz der Dunkelheit auf die Erde zurückkommen. Zuerst lassen sie sich in Büchel bei den Autos absetzen.

„Und was ist jetzt mit der Gurke, Herbert?"

„Die fliegt alleine zurück."

„Ich denke, das geht nicht?"

„Habe ich geändert."

Thomas schüttelt mal wieder den Kopf.

„Mann, wo warst du denn so lange?", will Carla wissen, als

Thomas nach Hause kommt.

„Auf dem Mond."

Carla ist völlig fassungslos, dann ein bisschen neidisch.

„Herbert nimmt dich bestimmt auch mal mit."

Sie lässt ihn erzählen. Er kann wider Erwarten nach diesem Erlebnis tatsächlich einschlafen.

Kapitel 25 — Totalschaden

Ein paar Tage später holt Thomas Herbert mit seinem Audi zu Hause ab. Der Maserati ist zum Service in der Werkstatt. Sie haben nicht über eine Uhrzeit gesprochen, aber Herbert wartet schon an der Straße. Wie jedes Mal. Thomas überlegt, woher Herbert das immer so genau weiß und was er sonst noch alles von ihm weiß.

Nach einem guten Stück des Weges zum Büro kommt eine etwa vier Kilometer lange Straße mit Wiesen und Feldern auf beiden Seiten. Verteilt auf die vier Kilometer gibt es drei Ampeln für Fußgänger. Die nerven, weil jedesmal mindestens eine, meist aber zwei oder sogar drei davon rot sind und kein Mensch jemals über die Straße will, außer im Hochsommer. An diesem Tag ist es die zweite. Thomas hält an. Im Rückspiegel sieht er zwei Motorräder nahen. Plötzlich sind sie nicht mehr hinter, sondern neben ihnen, und zwar eines auf jeder Seite.

„Gib Gas!", brüllt Herbert.

Thomas sieht, wie sich die Hand des Sozius auf dem linken Bike mit etwas Schwarzem hebt und auf ihn zielt. Er drückt voll aufs Gaspedal. Das Auto schießt davon. Doch schon sind sie wieder beide neben ihnen. Er legt eine Vollbremsung hin. Sie auch. Autos bremsen besser. Sie sind etwa zwanzig Meter vor ihnen. Eines der Motorräder bleibt stehen, eines dreht um, und kommt auf sie zu. Das andere fährt langsam in die andere Richtung los. Herbert hat die Hand mit seinem Spezialarmband auf das Motorrad gerichtet.

„Zu weit", zischt er. „Bleib stehen."

Das Motorrad kommt näher.

„Fahr los!"

Jetzt ist das Motorrad noch zehn Meter entfernt von ihnen. Herbert hat die Seitenscheibe geöffnet und richtet das Armband auf die zwei Gestalten in ihren dunklen

Lederklamotten.

„Vollgas!", schreit er.

Als sie an ihnen vorbeischießen, fällt das Motorrad um.

Das andere Motorrad steht jetzt etwa hundert Meter vor ihnen. Sie fahren schnell darauf zu. Auf der wenig frequentierten Straße ist außer ihnen kein Fahrzeug unterwegs. Ausgerechnet.

„Ramm ihr Vorderrad und duck dich!"

Thomas macht, was Herbert sagt. Die Motorradfahrer merken zu spät, was er vorhat. Er erwischt das Vorderrad mit seinem linken vorderen Kotflügel, es gibt ein hässliches Geräusch und das Motorrad wird zur Seite geschleudert. Thomas sieht aus den Augenwinkeln, dass Herbert das Armband auf die beiden Motorradfahrer gerichtet hat. Der Fahrer und der Sozius fliegen durch die Luft und landen unsanft auf der Straße.

„So, und jetzt nichts wie weg hier", ruft Herbert.

Als sie in der Tiefgarage des Bürohauses stehen, atmet Thomas tief durch und wischt sich den Schweiß von der Stirn.„Uralte Mafiamethode", meint Herbert, und auch ihm ist anzusehen, dass er erleichtert ist.

Thomas geht vor dem linken vorderen Kotflügel in die Hocke.

„Ist nicht so schlimm, wie ich befürchtet habe", stellt er fest. „Nur ein paar Beulen und Kratzer in Stoßstange und Kotflügel und das Glas vom Scheinwerfer hat einen Sprung. Aber Scheiße, wenn uns jemand gesehen hat, dann meldet er der Polizei Farbe und Typ des Wagens und die haben mich gleich. Und wenn ich jetzt in eine Karosseriewerkstatt gehe, bin ich sowieso dran."

„Sicher nicht, pass auf."

Herbert hält das Armband gegen den Kotflügel und beginnt bei der tiefsten Beule.

Die Delle kommt langsam raus, kurz danach ist sie verschwunden.

„Hör jetzt auf, sonst sieht die Seite besser aus als die andere. Das wäre auch wieder unglaubwürdig."

Sogar der Sprung im Glas geht weg. Ein Wunderwerkzeug, aber Thomas beschließt, sich bei allem, was mit Herbert zu tun hat, nicht mehr zu wundern.

Als sie fertig sind, nehmen sie das Auto und fahren auf derselben Strecke zurück. Es ist knapp eine halbe Stunde vergangen seit dem Überfall. Beim Näherkommen sehen sie zwei Polizeiwagen, ein Abschleppfahrzeug und einen Krankenwagen.

Kurz vor der Unfallstelle hält sie ein Polizist an. Hier habe sich ein Unfall mit vier Schwerverletzten ereignet, bei dem ein Audi wie der von Thomas zwei Motorräder angefahren und Fahrerflucht begangen habe. Es gebe einen Zeugen. Er deutet auf das am Straßenrand liegende Motorrad. Das Vorderrad ist fast abgerissen, klarer Fall von Totalschaden. Thomas soll rechts ranfahren und seine Papiere vorzeigen.

„Wenn ich's gewesen wäre, müsste doch bei mir was zu sehen sein, oder? Wo müsste der Schaden sein?", fragt Thomas treuherzig und hofft, dass der Polizist ihm nichts anmerkt.

„Vorne links."

Der Polizist geht einmal um den ganzen Wagen rum, gibt Thomas die Papiere zurück und wünscht ihnen eine gute Weiterfahrt.

Sicherheitshalber sehen sie bei Thomas zu Hause nach dem Rechten. Es ist alles in Ordnung. Carla erreicht er in der Schule. Herbert ruft Eva an, aber auch bei ihr ist alles gut. Er geht an Thomas' PC und schaut, ob er etwas über die Angreifer herausfinden kann.

„Ich weiß jetzt mehr über die Arschlöcher", verkündet er nach zehn Minuten.

„Wie hast du das angestellt?"

„Ich habe einen Blick in die *telefoninos* der Herren geworfen. Es ist eine Gruppe von acht Sizilianern, die für einen gewissen Borgametti aus Trapani arbeiten. Vier haben wir ja schon kennengelernt. Sie haben in Baden-Baden ihr deutsches Quartier. Für die Mafia ist Deutschland ein Paradies. Im Vergleich zu Italien laxe Gesetze, und die deutsche Polizei hat sie längst nicht so im Visier wie die italienische. Wir erleben hier so etwas wie die Globalisierung des organisierten Verbrechens. Die haben eine große, alte Villa gekauft. Unten sind die Büros für ihre Scheingeschäfte und oben wohnen sie. Hör zu, wir müssen die Typen ausschalten. Alle."

Thomas sieht ihn entsetzt an.

„Umbringen? Bist du verrückt?

Da mache ich nicht mit. Nimm mal an, etwas geht schief, dann bin ich dran. Du kannst ja nach Goni verduften, aber mich haben sie wegen Mordes am Wickel. Nein, Herbert, das geht zu weit!"

„Wer redet denn von umbringen? Ich will ja nur einen Teil ihrer Erinnerung ausradieren, damit sie uns nicht mehr schaden können."

„Wie soll das denn gehen?"

„Das wirst du gleich sehen."

Kapitel 26 — Parallel

Am Abend statten die beiden dem Konstanzer Krankenhaus einen Besuch ab. Herbert ist wieder mal erstklassig vorbereitet. Er weiß genau, wo sie sich weiße Kittel ausborgen können. Er hat auch herausgefunden, wo die Kerle liegen, nämlich auf der Intensivstation.

Am Eingang zur Intensivstation begegnet ihnen eine Schwester. Sie sieht sie erstaunt an, geht aber weiter.

Während sie einen Blick in das erste Patientenzimmer werfen, steuert ein Sicherheitsmann auf sie zu. Im Schlepptau hat er die stämmige Krankenschwester, die sie so angestarrt hat. Er baut sich vor ihnen auf.

„Was machen Sie hier? Können Sie sich ausweisen?“

Herbert übernimmt. „Natürlich nicht. Der Ausweis steckt in meinem Mantel. Wir sind von der Neurologie in Friedrichshafen. Dr. Brunner hat uns gebeten, uns vier Unfallopfer anzusehen, die heute Vormittag eingeliefert wurden. Die italienischen Motorradfahrer, Sie wissen schon.“

Das wirkt. Meiomei – dieser Herbert! Der Brunner ist offenbar der Chef hier.

„Aber ich kann gerne meinen Ausweis holen.“

Der Security-Fritze entschuldigt sich sogar bei ihnen, und die Schwester führt sie zum Zimmer der Patienten.

Herbert setzt sich neben das erste Bett gleich neben der Tür, schaut auf den Monitor, dann richtet er das Armband auf den Kopf des Sizilianers und nickt nach einer Weile.

Herbert stellt der Schwester ein paar sachkundige Fragen, die sie brav beantwortet. Dann geht er zum zweiten Patientenbett und wiederholt die „Behandlung“.

Die Schwester hat argwöhnisch verfolgt, was er da tut. „Herr Doktor, ich bin jetzt schon vierzehn Jahre im Dienst, aber was Sie da machen, habe ich noch nie gesehen. Was soll das?", fragt sie.

Eines der Überwachungsgeräte an einem anderen Bett fängt an, höllisch zu piepsen. Aha, Herbert versucht sich zu retten. Dummerweise hat er im Eifer des Gefechts nicht bemerkt, dass in dem Bett, über dem der Alarm schrillt, gar keiner drin liegt. Der Schwester genügt ein kurzer Blick, um das zu erkennen.„Hören Sie sofort auf! Ich rufe jetzt den Oberarzt! Hier stimmt doch was nicht."

Thomas glaubt bei Herbert ja immer an Wunder, aber der Bestimmtheit dieser kräftigen, offensichtlich badischen Person hat das Wunderkind aus dem All wenig entgegenzusetzen. Er steht auf und nickt höflich.

„Gut, Sie haben hier das Kommando. Dann gehen wir jetzt und klären das mit der Klinikleitung. Bis bald."

Als er an ihr vorbei will, packt sie ihn am Kittel.

„Nein, Sie bleibet hier!"

So sagt man das im ortsüblichen Dialekt – mit einem *t* hinten. Da bleibt Herbert nichts anderes übrig: Er richtet das Armband auf sie und sie fällt um.

Die Kittel werfen sie im Vorbeigehen auf ein leeres Bett im Flur. Den Lift und das normale Treppenhaus lassen sie links liegen. Herbert steuert zielsicher eine Feuerleiter an. Über Umwege erreichen sie das Parkhaus, aus dem sie ungehindert rauskommen.

„Keine Sorge, die Videoaufnahmen sind alle gelöscht." Herbert ist sichtbar angesäuert. „So ein Mist. Jetzt sind zwei übrig. Dann müssen wir eben doch die Gurke holen."

„Die Gurke? Was soll die denn bringen?"

„Lass dich überraschen. Wir machen es schonend." Herbert lächelt süffisant. „Aber zuerst kümmern wir uns um die Baden-Badener Kollegen."

Mit der Gurke zischen sie in nicht einmal einer Minute zu der Villa in Baden-Baden und verbergen sich auf etwa fünfhundert Meter Höhe in den tief stehenden Wolken.

„Alle vier sind zum Essen in einer Pizzeria. Aber sie sind gerade am Bezahlen. Vier Mann in einem einzigen Auto-ideal." Herbert hat vermutlich wieder die *telefoninos* angezapft.

Auf dem Monitor der Gurke ist zu verfolgen, wie sie nach etwa zwanzig Minuten schwungvoll angerauscht kommen. Im selben Moment geht ein leichter Ruck durch das Raumschiff. Thomas traut seinen Augen nicht. Das Auto ist weg. Herbert nickt.

„Das war's."

„Was?"

„Die sind jetzt woanders", grinst er.

„Wie, woanders?"

„In einem Paralleluniversum."

„Aha. Das ist ja praktisch. Dann können sie uns also nichts mehr anhaben?"

„Nie wieder."

„Wieso nie? Man kann sie doch zurückholen, oder?"

„Nein, geht nicht. Wir kennen zwei parallele Universen. Aber es gibt vermutlich noch viel mehr. Hin geht, zurück nicht. Jedenfalls noch nicht."

„Oje, die Armen."

„Nee. Die würden keine Sekunde zögern, dich abzumurksen, mein lieber Thomas."

„Und wo sind diese Paralleluniversen?"

„Keine Ahnung, ganz woanders. Damit haben wir euren Vorfahren schon Angst oder Hoffnung gemacht."

„Wie das?"

„Wir haben sie *Himmel* und *Hölle* genannt."

„Ach du Schreck." Thomas starrt ihn entgeistert an. „Und wie seid ihr darauf gekommen? Also woher wisst ihr, wie es da zugeht?"

„Ein paar Gonim haben es mal riskiert und die haben

es zurückgeschafft. Der eine ist aber auch diplomierter Quanteningenieur und der andere Quantenphysiker – wahre Cracks."

„Ah, und die sind in beiden gewesen?"

„Genau."

„Mann, Herbert, sag was und lass dir nicht alles aus der Nase ziehen."

„Ist ja gut", antwortet er wieder in dem Ton, in dem man mit Doofen spricht. „Diese Universen sind nicht mit unserem vergleichbar, man kann da aber leben. Die Hölle ist nicht so grausig, wie die Kirche es darstellt. Im Himmel ist es eher langweilig. Da laufen nur ganz brave Wesen rum. Aber man sitzt nicht auf Wolken und man spielt nur in Ausnahmefällen Harfe. Die Gonim verstehen das alles auch noch nicht so ganz. Es sind halt Universen, die unserem ähneln. Manche sagen sogar, es seien Kopien. Daher wissen wir nicht, was passiert, wenn man sich dort selbst begegnet. Vielleicht macht es dann paff und beide sind weg. Ist mir auch scheißegal." Herbert hat *scheißegal* gesagt. Zimperlich ist er heute nicht, der gonische Siegfried.

„Die können in der Hölle ja eine Filiale der Cosa Nostra aufmachen. *Cosa Nostra parallela.*"

Danach warten sie ein wenig ab. Ist noch zu früh, um nach Konstanz zurückzufliegen. Herbert erzählt, dass die Gurke für das Schweben überhaupt keine Energie brauche. Man steht einfach so in ein paar Kilometern Höhe in der Luft und sieht sich die Welt von oben an.

„Was wiegt die Gurke eigentlich?"

„So etwa drei Tonnen. Wir könnten ja nach Frankfurt fliegen und den Luftverkehr ein wenig aufmischen." Herbert gackert vor sich hin. „Würde mir schon Spaß machen, denen zu zeigen, was Beschleunigung ist. Das habe ich mit amerikanischen Kampfjets schon einige Male gemacht. Aber die greifen dann immer gleich zu ihren Raketen. Verstehen keinen Spaß, die Jungs, wie es unter Piloten eigentlich üblich ist."

Gegen ein Uhr morgens fliegen sie nach Konstanz

und parken über dem Krankenhaus ein. Die Voraussetzungen sind immer noch ideal. Tief hängende Wolken und Neumond. Herbert deutet auf ein Fach. Thomas öffnet es. Darin liegt ein Päckchen Kabelbinder.

„Habt ihr die von uns?"

„Nein, parallele Entwicklung. Aber besser. Bruchlast eine Tonne, nicht bloß zwanzig Kilo wie bei euch. Pass auf, ich beame den ersten jetzt hoch und du fesselst ihn mit den Dingern."

Und schwupps, schon liegt der Mann vor Thomas' Füßen, bekleidet mit einem hinten offenen Krankenhaushemdchen. Er nimmt den ersten dieser King-Size-Kabelbinder und fesselt ihm die Hände auf den Rücken. Dazu muss er ihn umdrehen, und das Hemdchen klafft auseinander. Der Kerl ist auf dem Rücken bewaldet wie der noch intakte Teil der Amazonas-Region. Igitt. Aber schon kann er seine Arme nicht mehr bewegen. Dann kommen die Beine dran. Ekelhaft. Nagelpilz hat er auch noch.

„Ich habe gedacht, die Mafia sei etwas gepflegter."

Herbert packt mit an.

„Das ist der, der wirklich im Koma liegt. Den Grund für das Koma der anderen drei trage ich am Handgelenk. Den hätten wir gar nicht fesseln müssen."

Herbert beugt sich zu ihm hinunter und startet seine übliche Prozedur. Nach knapp einer Minute ist er fertig.

„Und ab mit ihm."

„Warte, die Kabelbinder!"

Thomas schneidet sie ab.

Sie stellen sich vor, wie die im Krankenhaus gestaunt hätten, wenn sie ihn mit Kabelbindern aufgefunden hätten, und phantasieren über den Titel in der Lokalzeitung, dem *Südkurier*. *Krankenhaus fesselt Komapatienten mit Kabelbindern.*

Herbert beamt ihn wieder runter.

„Auf der Station sind alle in heller Aufregung. Allen

voran unsere badische Krankenschwester, die wieder auf den Beinen ist. Die haben natürlich gemerkt, dass er weg ist. Jetzt rennen sie herum und holen Verstärkung, und schon ist er wieder da. Wir machen eine Pause, damit die sich ein bisschen abregen können."

„Beam me up, Herbie", kichert Herbert eine Stunde später. Und schon ist der zweite Italiener da. Er liegt auf dem Boden wie der andere vorher, ist etwas jünger.

Wieder an die Arbeit. Erst wenden, dann fixieren und wieder umdrehen.

„Da kommt mir eine Idee. Wir könnten ihn wecken und noch ein wenig mit ihm plaudern. Und wenn er nicht möchte, helfen wir nach. Ich will herausfinden, was der so alles weiß. Vielleicht bekommen wir heraus, ob noch jemand über uns Bescheid weiß. Die Gelegenheit ist günstig", meint Herbert.

Thomas stimmt ihm zu. Herbert weckt ihn mit dem Armband auf. Der Mafiosi beginnt sofort, auf Italienisch zu fluchen und um Hilfe zu schreien. Herbert stellt ihm ein paar Fragen. Keine Antwort.

„Sei froh, dass du ihn nicht verstehst. Der hat überhaupt keine Kinderstube. Und er begreift nicht im Mindesten, wo er ist. Aber warte mal ab."

Herbert geht an das Fach mit den Kabelbindern. Er holt eine Rolle Garn heraus. Sieht aus wie Zwirn. Er spult ein wenig davon ab. Thomas schätzt den Durchmesser auf einen halben Millimeter. Jetzt fummelt Herbert aus dem Fach noch so etwas wie einen Klettergurt heraus, den man sich oben über die Schultern und unten zwischen den Beinen durchziehen kann. Den legt er ihm an. Sieht schon affig aus zusammen mit dem blau-weiß gemusterten Krankenhemd. Der Sizilianer zetert immer weiter.

„Dem müssen wir mal ein bisschen Feuer unter seinem Knackarsch machen."

„Herbert, ich habe ihn gesehen, so knackig ist der Arsch nicht. Und zudem stinkt er, er hat sich wohl auf dem Moped vollgemacht und die haben ihn im Krankenhaus nicht richtig geputzt."

Die zwei Verschwörer wiehern wieder los. Herbert schneidet etwa zehn Meter von dem Zwirn ab. Der Herr aus Süditalien verstummt plötzlich. Mit großen Augen schaut er zu, was sie da machen.

„Aha, wir haben sein Interesse geweckt."

Herbert knotet das eine Ende an einem Haken über der Tür fest.

„Du machst ja einen Palstek", bemerkt Herbert.

„Klar, den haben wir schließlich erfunden."

„Nein, wir."

Und schon wieder gickeln sie los. Jetzt zieht Herbert die Gurte an dem am Boden liegenden Italiener fest und macht einen Palstek an den Gurt.

Dann sagt er was auf Italienisch zu ihm, hält ihm den Zwirn genau vor die Augen. Die sind daraufhin schreckgeweitet.

Sie wuchten den Typ auf die Füße und zerren ihn zur Tür. Die gleitet auf. Herbert schiebt ihn nach vorn, damit er auch was sehen kann. Sie stehen rechts und links neben ihm. Er wimmert. Herbert nickt Thomas zu und sie werfen den Killer mit Schwung raus. Ein markerschütternder Schrei ertönt. Aber wie durch ein Wunder hält der Zwirn, und der Mann hängt jetzt ein paar Meter unter der Gurke in den Wolken. Kalt ist es. Das Hemdchen flattert im Wind.

„Hey, very sexy", schreit Herbert nach unten. „Jetzt kommt der Clou der Strippe. Schau!"

Es sieht aus, als ob der Zwirn in dem Augenblick reißen würde. Der Mann fällt weiter. Noch ein Schrei. Und was für einer. Aber nach zwanzig Metern wird er gestoppt.

„Der Faden hat noch einen innen drin. Das Ganze ist gedankengesteuert. Wir benutzen das, wenn wir variable Längen brauchen. Ist ganz praktisch. Sieht man ja. Lass ihn uns wieder raufholen."

Er klappt einen Arm von der Innenwand weg. Daran befindet sich eine kleine Rolle. Er schiebt sie nach draußen und führt den Faden über die Rolle. Und schon summt es und der junge Mann wird hochgezogen.

„Bruchlast?“

„Drei Tonnen.“

„Wow!“

Sie hieven den Kerl wieder rein und schließen die Tür.Mann, sieht der fertig aus!

Herbert reicht Thomas ein Gerät, das an einen iPod erinnert. Praktisch, das Ding übersetzt den Dialog zwischen den beiden für Thomas ins Deutsche.

Herbert stellt ihm eine Frage, auf die der Kerl ziemlich unfreundlich antwortet. Sinngemäß meint der Mann, sie seien Söhne von Huren. Das weiß Thomas definitiv besser – sowohl von Herbert als auch von sich selbst.

„Ich wusste, dass ich nicht runterfallen werde, wozu war denn sonst der Gurt da?“

Aha, so dumm ist er nicht. Dann lacht er auch noch. Herbert fragt ihn als Nächstes, für wen er arbeite, und bekommt keine Antwort. Nur Flüche. Herbert will wissen, wer den Befehl gegeben habe, sie zu ermorden, und wer der Chef sei. Flüche. Herbert fragt ihn nicht mehr ganz so freundlich, ob sie über andere Methoden nachdenken sollen, ihn zum Reden zu bringen.

„Da könnt ihr lange nachdenken.“

„So viel Zeit haben wir auch wieder nicht. Thomas, hast du einen Vorschlag?“

„Die Eier abschneiden. Dann kann er sich nach dem ersten überlegen, ob er für den Rest seines Lebens auch auf das zweite verzichten will“, sagt Thomas zu seinem eigenen Erstaunen. Aber die Mafia war ihm schon immer ein Gräuel, auch als er noch keine persönliche Bekanntschaft mit ihren Vertretern geschlossen hatte.

Der Typ schreit jetzt schon wie am Spieß und zerrt an seinen Fesseln.

„Gute Idee, Thomas“, lacht Herbert, und an ihren

Gast gewandt: „Wie heißt du?"

„Alessandro", kommt es kleinlaut.

„Ja, Alessandro. Du darfst mich auch duzen. Also, für wen arbeitest du?"

Alessandro schüttelt den Kopf.

„Es ist immer das Gleiche mit euch Kerlen. Ihr habt mehr Schiss vor eurem eigenen Verein als vor unsereinem. Jetzt gib wenigstens mal zu, dass du für die Borgamettis arbeitest", fordert Herbert.

Alessandro schweigt.

„Zeig ihm das Skalpell!" Herbert weist auf eine Klappe hinter Thomas.

Das Fach dahinter enthält einige Geräte, unter anderem etwas, das wie ein Skalpell aussieht. Es ist nicht eingepackt, also haben die auf Goni wohl andere Desinfektionsmöglichkeiten. Er hält es Alessandro vor die Nase. Das hat man schon zu Zeiten der Inquisition so gemacht. Thomas fühlt sich ein wenig mittelalterlich. Aber er ist auch sauer.

Herbert unternimmt einen letzten Versuch zur Güte.

„Alessandro, ich bin sicher, dass du spätestens nach dem ersten singst. Mensch, mach doch mal den Mund auf. Vor einem Mord schrecken wir zurück, aber davor nicht. Na?"

Schweigen. Herbert macht die *Ich-resigniere*-Gestik.

Thomas begibt sich ans Werk. In dem Fach findet er auch eine Plastikplane und breitet sie unter Alessandro aus. Der wird zusehends unruhiger, singt aber noch immer nicht.

„Alessandro, du bist nicht der Typ, der Folter erträgt."

Jetzt blubbert Alessandro etwas Unverständliches.

„Du musst deutlich sprechen, sonst verstehen wir dich nicht."

Er arbeite für Borgametti. Sie gehören zu der Filiale

in Baden-Baden. Borgametti habe sie beauftragt, sie beide umzubringen. Er wolle damit auch seine Position in Sizilien verbessern, in der Hierarchie weiter aufsteigen. Er sei ein *capofamiglia*, ziemlich einflussreich. So weit er wisse, habe Borgametti die Sache mit ihnen für sich behalten. Mehr wisse er nicht.

Alessandro fragt, ob sie ihn jetzt nicht töten müssten, weil er sie doch kenne.

„Nicht nötig, wir sind doch keine Unmenschen“, versichert Herbert ihm mit einem treuherzigen Augenaufschlag. „Schlaf schön!“

Er kniet sich neben den verwundert guckenden Alessandro und beraubt ihn mit dem Armband sämtlicher Erinnerungen, die ihnen zum Verhängnis werden könnten. Dann befreien sie ihn von den Kabelbindern.

Herbert sagt lachend: „Eigentlich müsste man ihm einen alternativen Rückweg anbieten, damit er mehr von Konstanz sieht.“

Thomas sieht ihn fragend an.

„Lass uns den Strolch einfach rauswerfen.“ Aber dann beamt Herbert ihn doch brav wieder in sein Krankenhausbett. Und sie geben der Gurke die Sporen, weil sie nach all den Aktionen dieses Tages hundemüde sind.

Kapitel 27 — Alpenglühen

Wenn Thomas ins Büro kommt, studiert er neuerdings immer zuerst die Online-Nachrichten auf *spiegel.de* und anderen Medien.

Er ist nicht sehr überrascht, dass die Katalanen für heute eine Volksabstimmung über die Loslösung von Spanien angesetzt haben. Ist ja logisch, es gibt dank Herbert keine Waffengewalt mehr, die sie daran hindern könnte. Und wenn die spanische Armee anrückte, dann würden die darin dienenden Katalanen einfach nicht mitmachen, und wie will die Truppe sich dann durchsetzen? Mit Ringkämpfen? Da wären die katalanischen Zivilisten zahlenmäßig stark überlegen. Aber sie wollen klugerweise in der EU bleiben, die Katalanen. Eine Volksabstimmung findet Thomas fair. Er fragt sich gerade, wie die EU damit umgehen wird, als Herbert in sein Büro platzt und die Tür hinter sich zuknallt.

„Entschuldige, aber ich habe gestern Nacht nicht geschaltet. Wir müssen verschwinden. Alle miteinander. Die ganze Familie. Schickt eure Mitarbeiter sofort in Urlaub. Egal, wohin. Hauptsache, kein Mensch erfährt, wo sie sich aufhalten. Eure Kinder holt ihr gleich her."

„Meinst du, die Sizilianer werden umgehend die nächste Truppe schicken?"

„So sicher wie das Amen in der Kirche."

Thomas nickt. Er denkt kurz nach und geht zu seinen Mitarbeitern, teilt ihnen mit, sie würden von einer Konkurrenzfirma bedroht und verleumdet, der Mafiakontakte nachgesagt werden. Es sei deshalb unumgänglich, sich hier eine Weile nicht sehen zu lassen. Die drei fügen sich bedröppelt in den immerhin bezahlten Sonderurlaub.

Dann ruft er die Kinder an und erzählt denen eine etwas harmlosere Geschichte. Lisa und Ralf wehren sich zuerst mit Händen und Füßen, aber dann geben sie klein bei und versprechen, am Nachmittag zu Hause in Konstanz zu sein. Ein Vorteil ist, dass die Semesterferien gerade begonnen haben und sie beide nichts verpassen.

Sie wollen nach Brand im österreichischen Brandnertal fahren. Freunde von ihnen haben da ein Ferienhaus, das sie schon öfter zur Verfügung gestellt haben. Herbert wird nachkommen.

„Ich warte, bis Eva da ist."

Die Fahrt nach Brand dauert etwa zwei Stunden. Herbert und Eva trudeln drei Stunden später ein und am Abend finden sich Thomas, Carla, Eva und Herbert zur Lagebesprechung ein. Lisa und Ralf haben sich in die Dorfdisco abgeseilt, und die haben sie ohnehin noch nicht mit allen Einzelheiten vertraut gemacht..

Sie sitzen auf der Eckbank an einem großen Holztisch des alpenländisch gemütlich eingerichteten Ferienhauses. Man hat einen schönen Blick auf die gegenüberliegenden Berge. Im Winter kann man von der Piste aus per Ski bis vor die Haustür fahren.

„Du hast uns in Teufels Küche gebracht, Herbert, aber wir können es im Moment nicht ändern. Tu alles in deiner Macht Stehende, damit dir und uns nichts geschieht. Aber ich nehme an, hier sind wir erst mal in Sicherheit", kommentiert Carla die Lage.

„Wir sind jetzt also auf der Flucht vor der Cosa Nostra. Davon habe ich immer geträumt – in meinen schlimmsten Albträumen. Ich habe Schiss, Schiss um Carla, um unsere Kinder und auch um mich selbst", sagt Thomas. „Ich habe nicht vor, alles hier aufzugeben und gemeinsam mit dir nach Goni zu flüchten. Falls diese Möglichkeit überhaupt besteht."

Eva schweigt.

Herbert sitzt mit betretenem Gesicht da. „Es tut mir leid, ich hätte nie gedacht, dass die auf mich kommen." Er schnieft sogar ein wenig.

Schließlich sind alle der Meinung, dass Jammern und Lamentieren nicht hilft. Aber sie können ja nicht den Rest ihres Lebens hier in ihrem Versteck verbringen.

„Also, Herbert, was machen wir denn jetzt gegen diese Bande?“, fragt Eva.

Er sieht sie erleichtert an. „Ich habe einen Plan.“

„Ja, das hoffe ich auch“, kommentiert Thomas. „Lass hören.“

„Schaut mal, das habe ich mir vom *telefonino* eines Mitarbeiters von diesem Borgametti geholt.“

Er führt ihnen auf seinem Notebook ein Video vor.

„Ekelhaft“, sind sich alle einig.

„Das ist die Hinrichtung eines Staatsanwalts, der den Mut hatte, einen Mord zu untersuchen. Sein Nachfolger hat danach die Bemühungen eingestellt, weil die Polizei nichts in der Hand hat. Ich schon. Diese Typen bringe ich alle vor ein Gericht, weil ich mir Zugang zur Justiz verschafft habe. Die Polizei weiß genau, was das für Kaliber sind, aber vor Gericht verläuft immer alles im Sande, weil die Kerle dem Richter stecken, sie wüssten, wo er wohne und wo seine Kinder zur Schule gingen. Und jetzt sammele ich Beweise. Das habe ich natürlich automatisiert. Ich sauge ihnen die Handy-Gespräche und die Videos ab, sammele Bewegungsdaten. Außerdem frisiere ich ihre Handys so, dass ich ihre Gespräche mithören kann. So baue ich mir einen Datensatz zusammen, der die Richter beeindrucken wird.“ Er zeigt sein berühmtes dreckiges Grinsen.

„Und da kommst du so einfach ran?“

„Klar. Ist hilfreich, wenn man mit IT gut umgehen kann. Hier zum Beispiel.“ Er hackt auf der Tastatur rum und plötzlich hören sie Stimmen. Leute sprechen Englisch. Amerikanisches Englisch.

„Das ist eine Mafia-Unterhaltung irgendwo in Amerika. Die arbeiten mit den Sizilianern zusammen. Am Ende werde ich das Material an Polizei und Staatsanwaltschaft schicken, sicherheitshalber auch an die Regierung, das Justizministerium und diverse Zeitungen. Von mir bekommen sie handfeste Beweise. Damit können sie die Drecksäcke ein für alle Mal festnageln. Und dann gibt es ja auch jede Menge Morde innerhalb der Cosa Nostra. Die Beweise dafür schicke ich den

Familien der Opfer. Dann können die sich bei den Tätern bedanken gehen."

Er schaltet den Lauschangriff ab und auf dem Monitor läuft wieder das Mord-Video in einer Endlosschleife.

„Wer sonst sollte die *vendetta* ernster nehmen als sie selbst? Blutrache heißt da wirklich Blutrache. Ich habe die Wege des Kokains und des Heroins gefunden, ich bekomme Informationen über das Geschäft mit dem Schutzgeld und den Waffen. Es wird laut krachen. Und nicht nur in Süditalien, ich decke auch die Verbindungen und Schweinereien in Deutschland, den USA oder sonst wo auf. Selbst wenn die Prozesse zum Teil nicht die gewünschten Verurteilungen bringen werden, wird irgendwer von diesen Herzchen so viel Schiss bekommen, dass er zu singen beginnt, und das wird eine Kettenreaktion von biblischen Ausmaßen hervorrufen. Die Vögelchen werden sich gegenseitig verpfeifen, nur um ihre Hintern zu retten und nach ein paar Jahren wieder auf freien Fuß zu kommen. Und natürlich werden sie sich auch hinter Gittern begegnen und sich gegenseitig abstechen. Es gab schon früher Mafia-Kriege, in denen sie sich untereinander abgeschlachtet haben, aber der, den ich anzetteln werde, wird alles in den Schatten stellen."

Herbert glüht jetzt vor Begeisterung.

„Und wisst ihr was? Ich schicke das Material auch den Gangstern selbst. Dann weiß jeder genau, was die anderen für Informationen haben. Nämlich genau dieselben wie sie auch. Damit können sich die Verbrecher ausrechnen, welcher Konkurrent ihnen demnächst seine Aufwartung machen wird und ob die Polizei in naher Zukunft bei ihnen auf der Matte stehen wird, um sie festzunehmen. Korrupte Polizisten und Staatsanwälte können keine Ermittlungen verschludern, weil jede Zeitung ebenfalls alle Informationen hat. Transparenz ist schon was Schönes, vor allem in einem Geschäft, das vom Geheimnis lebt."

Carla denkt, jetzt sei er endlich fertig. Aber er holt nur tief Luft und es sprudelt weiter aus ihm heraus.

„Ich decke auch die Verbindungen von Mafiosi zu als seriös geltenden Unternehmen auf. Damit verlieren die

Drecksäcke diese Beteiligungen. Selbst schuld. Haben ja die Firmen meist auch nur benutzt, um die Steuer zu bescheißen und Geld zu waschen. Die machen alle die gleichen miesen Geschäfte. Drogen, Waffen, Schutzgeld und Müll."

In dem Moment hört Thomas etwas hinter sich, dreht sich um und sieht in das Gesicht seiner Tochter, das sich hinter der Scheibe etwas surreal von der Dunkelheit abhebt. Sie schaut ihn mit weit aufgerissenen Augen an. Neben ihr taucht Ralfs Gesicht auf. Er wirkt nicht minder entsetzt. Die Gesichter verschwinden und die beiden kommen rein.

„Was macht ihr denn da? Schaut euch Killer-Movies an? Ist ja ekelhaft."

Eva hat sich bisher alles nur angehört, aber jetzt ergreift sie das Wort.

„Wir sollten euch die Wahrheit sagen. Wir sind in Wirklichkeit alle Mafia-Killer und betrachten am Abend unser Tagewerk."

Die zwei gucken noch entsetzter.

„Nein, das ist ein Scherz. Ich bin übrigens Eva und das hier ist Herbert." Sie schweigt einen Moment.

Herbert ergreift die Chance und erklärt ihnen alles über sich. Dauert eine Weile. Er lässt auch die Mafia nicht aus.

„Jetzt verstehe ich, warum wir hier sind", fasst Lisa zusammen.

„Au wei", meint Ralf.

Als Carla und Thomas am nächsten Morgen runterkommen, sitzen die anderen schon beim Frühstück, Eva, der Außerirdische, Lisa und Ralf. Eva hört überwiegend zu, aber Lisa und Ralf ratschen munter mit dem Alien.

„Na, wie geht's dem außerirdischen Grind nach der Flasche Zweigelt?", ruft Thomas ihm zu. Herbert schaut ihn fragend an. „Das ist auf alemannisch ein Kopf", gibt Thomas zurück.

„Nicht schlecht, mein Lieber", tönt es fröhlich

zurück. „Habe in der Nacht noch jede Menge blutige Erkenntnisse über unsere Freunde im südlichen Italien gewonnen. Also, man glaubt es kaum. Die kassieren bei allem mit, und was mich besonders erschreckt, ist, dass sie alle furchtbar reich sind und dennoch immer weitermachen. Die besitzen Millionen, und anstatt ihr Leben zu genießen und Wohltaten zu vollbringen, morden und erpressen sie in einer Tour weiter. Die sind wirklich das, was man schlechte Menschen nennt. Meine Unterwanderungsaktivitäten sind, wie gesagt, automatisiert. Ich stehe also für gemeinsame Aktivitäten zur Verfügung wie Bergwandern und so etwas. Werde mir auf der Stelle einen Tirolerhut kaufen", verkündet er.

„Das hier ist Vorarlberg, Tirol ist weiter östlich."

Er wendet den Kopf beleidigt zur Seite. „Die Hüte sind ähnlich. Eva, sag, dass das stimmt."

Die verdreht nur die Augen.

Lisa und Ralf sind total fasziniert von dem Typen. Ralf ist eher so der Sozialist von den beiden. Der findet diesen Außerirdischen besonders interessant. Vermutlich hat er ihnen vom gonischen *way of life* erzählt.

Sie wandern dann wirklich zur Totalp-Hütte.

Es ist ein gut dreistündiger Marsch. Lisa und Ralf sind recht fit. Herbert hält bis jetzt gut mit, obwohl er das erste Mal in seinem noch recht kurzen Leben solchen Strapazen ausgesetzt und völlig ungeübt ist.

Eine Stunde später sieht es schon etwas anders aus. Herbert schnauft wie ein Walross und schwitzt wie in der Sauna. Niedlich, wie er sich gegen die Tatsachen stemmt. Hier hilft ihm auch keine gonische Supertechnik oder etwas Quantenphysikalisches, er ist allein auf seinen Körper angewiesen. Tapfer verkündet er auch nach zwei Stunden noch, es sei alles in Ordnung mit ihm. Dabei klingt er jetzt schon eher wie eine Dampfmaschine. Sie legen eine Pause ein und genießen die Aussicht.

Am nächsten Morgen kommt Herbert kaum die Treppe runter. Mit schmerzverzerrtem Gesicht lässt er sich auf einen Stuhl plumpsen. Lisa und Ralf schlafen noch.

„Heute gehe ich keinen Meter."

Thomas kann sich ein höhnisches Lachen nicht verkneifen.

„Habt ihr auf Goni eigentlich auch richtige Kampfraumschiffe? So wie in *Star Wars*?", fragt Eva, damit Thomas seine Frotzelei nicht fortsetzen kann. „Ich mag Chewbacca besonders gern."

„Äh, *Star Wars* kenne ich nicht."

„Das sehen wir uns demnächst zusammen an. Du wirst deine helle Freude haben."

„Um deine Frage zu beantworten: Ja, so etwas haben wir. Goni hätte die Möglichkeit, die ganze Erdbevölkerung auszulöschen. Alle unsere Raumschiffe sind mit einer Waffe ausgestattet, die eure Gehirne in Sekunden paralysieren könnte. Und damit wärt ihr tot."

„Wie nah muss das Raumschiff dazu an die Leute ran?"

„Bei einem kleinen wie der Gurke ungefähr einen Kilometer, bei den großen etwa tausend Kilometer. Wenn wir mit hundert von den großen Schiffen kämen, ginge das ziemlich schnell."

„Das ist ja furchtbar, Herbert", sagt Carla.

„Man kann es auch schwächer machen, dann wird man bloß ein bisschen ohnmächtig. Leute, wenn die Gonim wollten, wäre es kein Problem, die Erde von der Menschheit zu räumen. Aber warum sollten wir? Es gibt so viele andere Planeten, die höchstens von harmlosen Pflanzen bewohnt werden. Wir könnten es uns aussuchen. Das ist so eine irrige Annahme aus Science-Fiction-Filmen, dass alle euren Planeten erobern wollen. Unsinn. So ein verdrecktes Ei. Wer will das schon?"

Eva räuspert sich.

„Ja?“, sagt Herbert.

„Du hast mir doch neulich die Geschichte aus Ägypten erzählt.“

„Ja.“

„Ist das wirklich kein Seemannsgarn?“

„Was ist Seemannsgarn?“

„Lügen, Märchen.“

Herbert schaut sie treuherzig an. „Nein, ganz sicher nicht. Habe ich euch auch von Adolf erzählt?“

„Welcher Adolf?“ Das haben alle drei gleichzeitig gesagt.

„Ja, *der* Adolf. Ein paar Gonim haben den Führer mal getroffen, um herauszufinden, ob der wirklich verrückt war. War er, falls ihr irgendeinen Zweifel daran haben solltet. Um gefahrlos an ihn heranzukommen, haben sie sich eine Identität als Flugzeug-Entwickler aufgebaut. War ganz schön anstrengend so ganz ohne IT. Haben alle Einträge bei den Behörden auf Papier fälschen müssen. Und dann haben sie ihm und seinen Handlangern was von Strahltriebwerken erzählt. Seitdem hat der Föhrrerrr was von der Wunderwaffe gefaselt und damit einen ganz schönen Wirbel verursacht.“

Kapitel 28 — Double

In der Nacht werden Thomas und Carla von Schreien aus Evas und Herberts Zimmer geweckt.

„Er stirbt!“

Sie fahren hoch, raus aus dem Bett und rüber. Lisa und Ralf sind schon da. Eva kniet neben dem Bett, Herbert liegt drauf. Er ist käsebleich, die Augen sind geschlossen. Lisa ist Medizinstudentin und kurz vor der Approbation. Sie untersucht ihn mit ein paar raschen Handgriffen, dann fängt sie an, ihm eine Herzmassage zu verpassen. Sie weist Eva an, ihn Mund zu Mund zu beatmen. Das machen sie ein paar Minuten lang. Carla, Thomas und Ralf stehen hilflos daneben.

Schließlich atmet er wieder ziemlich regelmäßig. Er schlägt die Augen auf.

„Notarzt?“, fragt Thomas.

Herbert schüttelt den Kopf. „Bloß nicht.“

Lisa tritt einen Schritt zurück. „Was war das denn? Die Symptome sind mir noch nie begegnet.“

Herbert lächelt matt. „Kannst du auch nicht kennen. Carlo, der Sohn von Luigi Borgametti, hat gerade mein Doppel erschossen. In meiner Wohnung in Konstanz.“

Die anderen sehen sich ratlos an. Außer Thomas, der erklärt: Er kann von sich einen Doppelgänger machen. Aber das haben sie technisch noch nicht ganz im Griff.“

Herbert nickt. „Ich hätte mich rechtzeitig von ihm trennen müssen, und das hatte ich verpasst, weil alles so schnell ging.“

Lisa und Ralf schütteln ungläubig den Kopf und verstehen noch immer nur Bahnhof. Na ja, so lange kennen sie den Herbert ja auch noch nicht.

„Er hat die Tür aufgebrochen, dann ist er sofort ins

Schlafzimmer gestürmt. Ich kann mich ja als Doppel nicht bewegen. Mit einer schallgedämpften Beretta hat er mich mit fünf Schüssen quasi hingerichtet. Danke, dass ihr sofort gekommen seid, und danke, Lisa. Du wirst bestimmt eine hervorragende Ärztin. Ohne eure Hilfe wäre ich nicht mehr unter den Lebenden. *Giuro vendetta, amici.* Das heißt: Ich schwöre euch Rache, Freunde."

Aha, er ist schon wieder ganz der Alte, denkt Thomas erleichtert.

„Ist dein Doppelgänger jetzt noch da?", will Eva wissen.

„Gute Frage. Ja, ist er. Aber ich lasse ihn gleich verschwinden. Die Saubande hat übrigens auch bei euch vorbeigeschaut. Da ihr aber offensichtlich ausgeflogen seid, sind sie wieder gegangen."

„Ach du Schreck, aufgebrochen?"

„Ja, aber sie haben nichts verwüstet. Ein Nachbar hat die Polizei geholt. Die hat das Haus provisorisch verschlossen. Sie haben versucht, euch zu erreichen. Aber das geht ja nicht, weil ihr brav eure Handys ausgeschaltet habt."

Nach einem stärkenden Frühstück behauptet Herbert, sich wie neu geboren zu fühlen. Auch sein Muskelkater sei wesentlich besser.

„Wir sollten irgendetwas unternehmen", sagt Thomas zu ihm. „Hier auf Bergfrische und Wandervögel zu machen, das bringt uns nicht wirklich weiter. Und wer weiß, was dieser Borgametti als Nächstes ausheckt."

„Stimmt", antwortet Herbert. „Morgen bin ich so weit. Ich verstehe deine Ungeduld, aber ich wollte zuerst mal prüfen, wer von denen überhaupt über uns Bescheid weiß. Das vereinfacht die Sache enorm, wirst sehen."

Kapitel 29 — Phantom

Herbert rüttelt Thomas wach. Schlaftrunken fährt der hoch.

„Sind sie da?“

„Wer?“, fragt Herbert zurück.

„Die Mörder.“

„Nein, aber wir müssen los.“

„Was, wohin?“

„Nach Sizilien.“

Herbert erklärt ihm, er habe was vor, und er hätte Thomas gern mit dabei. „Falls was schiefgeht.“

„Du lernst dazu, mein Lieber. Wer hätte das gedacht? Bisher hast du immer an die eigene Unfehlbarkeit geglaubt. Wie der Papst.“

Thomas hechtet unter die Dusche, zieht sich an, packt die nötigsten Sachen in einen Rucksack. Herbert meint, es sei nur für eine Nacht.

„Hast du Flüge gebucht?“

Herbert schaut ihn an wie ein Kind, das sich immer wieder über die Tatsache wundert, dass seine Eltern die Segnungen der heutigen Zeit nicht verstehen.

„Tommy!“

„Ja, ich kapiere, du hast Flüge gebucht — und wie.“

Sie fahren mit dem Maserati nach Innsbruck. Dann fliegen sie mit so einer Linie, deren Namen Thomas noch nie gehört hat, nach Palermo. Trotz hartnäckigen Nachfragens während des Fluges gibt Herbert das Ziel der Exkursion nicht preis.

„Wart’s ab.“

Jedenfalls scheint er sich tatsächlich viel mit der Mafia beschäftigt zu haben. „ Schätzungen zufolge gehören zwischen zwei und siebenundzwanzig Prozent der Bevölkerung in Apulien, Kalabrien, Kampanien und Sizilien der Mafia an. Das ist ziemlich ungenau und bedeutet, dass keiner was Genaues weiß. Man spricht von fünfzigtausend der Mafia nahestehenden Personen allein in Sizilien. Aber die meisten davon sind bloß Fußvolk und gelegentliche Helfer. Der harte Kern besteht angeblich aus sechstausend. Ich habe ungefähr tausend Datensätze an die Polizei, die Staatsanwaltschaften, die Regierung in Rom, an Journalisten, an die Typen selbst und an deren Konkurrenz verschickt, darunter jede Menge Informationen und Videos von Morden. Dazu habe ich Konten veröffentlicht, Immobilienbesitz und so weiter und so weiter. Außerdem die Grundbuchauszüge für Immobilien, die Strohmännern gehören, sowie deren Anschrift. Ich denke, der größte Teil der Mafia-Kohle ist futschikato ." Er lacht dreckig. „Die Opfer wird es freuen. Andererseits muss man davon ausgehen, dass ein wichtiger Wirtschaftsfaktor im südlichen Italien ebenfalls futsch ist." Er gackert wieder. Das Wort scheint ihm zu gefallen. „Die Typen haben Unmengen Geld und sie haben es auch ausgegeben. Daran verdient die ganze Insel. Gleichzeitig wäre diese unselige lähmende Wirkung des Verbrechens weg. Kein Mensch mit halbwegs klaren Sinnen investiert in Sizilien."

Thomas sieht ihn fragend an.

„Ökonomische Betrachtungen sind nicht dein Spezialgebiet, oder? Wenn du in ein Hotel in Sizilien investierst, weißt du genau, dass du am Tag der Eröffnung Besuch von einigen gut gekleideten Herren bekommst, die dir Schutz anbieten. Sozusagen Schutz vor sich selbst. Gegen Geld natürlich."

Thomas nickt.

„Er hat es kapiert, der Groschen ist gefallen, beim einen schneller, beim anderen langsamer. Natürlich investiert man nicht, wenn das so ist, wie es dort ist."

So frech, wie Herbert heute ist, hat er was vor, was ihm Freude macht, denkt Thomas.

„Mittelfristig wird das Verschwinden der Mafia also die Wirtschaft ankurbeln. Alle Unternehmer werden mehr Geld haben, weil sie den *pizzo* nicht mehr zahlen müssen."

„Du glaubst wirklich, das sei mit deiner Aktion alles endgültig vorbei?", wirft Thomas ein.

„Natürlich nicht. Ich werde es beobachten, und sobald die Ratten wieder aus ihren Löchern kriechen, werde ich sie schnappen. So lange, bis Schluss ist."

Am Flughafen in Palermo wartet ein Leihwagen auf sie, ein ziemlich fetter Mercedes, mit dem es nach Trapani weitergeht.

„Da wohnt doch Borgametti, dein aktuell größter Feind. Willst du ihn jetzt kaltmachen?"

„Ich raube ihm bloß ein paar Erinnerungen."

Etwas außerhalb von Trapani checken sie am Nachmittag in ihrem Hotel ein. Dann fahren sie zu Borgamettis Haus, das malerisch auf einem Hügel steht. An dessen Fuß lassen sie den Mercedes stehen und machen sich mit der Umgebung vertraut. Herbert nickt immer wieder zufrieden vor sich hin. Thomas hat es aufgegeben, Genaueres über seinen Plan in Erfahrung zu bringen.

Es ist erst sechs Uhr, als sie nach Trapani zurückkehren, aber Herbert findet eine Pizzeria, die offenbar die Essenszeiten von deutschen Touristen berücksichtigt, also schon offen hat. Sie bestellen einen riesigen Teller mit Antipasti, einmal Pizza Ruccola und einmal Quattro Formaggi. Dazu eine große Flasche Wasser. Herbert ordert auf Italienisch, klingt für Thomas perfekt.

„Ein Schlückchen *vino* dazu?"

„Nein, danke."

Thomas wundert sich. Sonst verlötet Herbert sich doch immer gerne einen.

Als sie die Antipasti und die Pizza vernichtet haben, bestellt Herbert gleich noch eine für sich. So verfressen ist er sonst nicht.

Auch die vernichtet er. Dann ordert er zwei Tiramisu. Thomas winkt ermattet ab. Er kann nicht mehr. Herbert aber nickt dem Kellner bestätigend zu.

„Mann, was wird das?“

„Wirst du sehen.“

Er futtert mit gutem Appetit auch diese beiden Portionen auf und zahlt.

In den malerischen Gassen der Altstadt kommen sie an einem Imbiss vorbei. Herbert geht rein und holt sich noch eine Pizza, die er im Weitergehen isst.

„Du wirst fett wie ein Schwein.“

„Ach was“, winkt er ab. Es folgen zweimal fünf Kugeln Eis.

„Mann, das sind jetzt alleine fünftausend Kalorien oder mehr.“

„Ja, das passt. Vorsicht ist die Mutter der Porzellankiste“, erwidert er nur, bevor er in einer Pasticceria verschwindet und sich zwei große Stück Cassata siciliana holt. Die stopft er auch noch in sich rein.

„Trittst du zum Giro d'Italia an?“

„So ähnlich.“

Zurück am Auto – Herbert muss ständig rülpsen -, bittet er Thomas zu fahren.

„Ins Hotel?“

„Nein, zu Borgametti.“

Mittlerweile ist es dunkel. Sie stellen das Auto etwa einen Kilometer vor dem Hügel ab. Von hier kann man das Haus noch nicht sehen. Herbert nimmt seinen Rucksack mit. Auf der Straße geht es ungefähr hundert Höhenmeter bergauf. Herbert rülpst in einer Tour weiter. Auf der Hälfte des Anstiegs beginnt er auch noch, laut zu furzen. Immer abwechselnd oben und unten. Er sieht Thomas entschuldigend an.

„Macht nichts, bist ja unter deinesgleichen.“

Thomas lässt auch einen fahren, nur so aus Solidarität, und kommentiert: „Wie bei einem alten Ehepaar.“

Sie sind jetzt knapp unter Luigis Haus.

Herbert greift in seinen Rucksack und holt etwas Weißes aus ganz, ganz leichtem Stoff heraus. Thomas hat ihn schon am Morgen gefragt, ob er sich als Zahnarzt verkleidet hätte, denn Herbert trägt komplett weiße Klamotten. Er streift sich das wallende Gewand über, das den ganzen Kerl verhüllt wie eine Burka, nur ohne jede Öffnung am Kopf. Jetzt fängt er auch noch an, von innen zu leuchten. Man erkennt sein Gesicht klar und deutlich unter dem Gewand.

„Ach du Scheiße, du machst den Geist?“

Herbert nickt.

„Aber wenn du da keuchend über die Mauer kletterst, vor ihn trittst und *buh* schreist, lacht der sich doch nur kaputt.“

„Warte es ab. Bin bald wieder da.“

Und jetzt kapiert Thomas, warum Herbert gefressen hat wie ein Scheunendrescher. Er braucht die Energie. Herbert gibt ihm seinen Rucksack und dann hebt er ab und schwebt nach oben. Thomas sieht noch, wie der gonische Geist über die Mauerkante hinwegfliegt, und dann schreit eine schrille weibliche Stimme: *„Madonna mia!”* Es folgt ein ersticktes Grunzen sowie noch ein lautes *„Madonna mia“* – diesmal von einer Männerstimme. Die sind so geschockt, dass ihnen nichts anderes einfällt als *Madonna mia, denkt Thomas.* Darauf hört er Herbert mit Grabesstimme auf Italienisch parlieren. Das dauert länger und er versteht kein Wort.

Bis dahin wirkt die ganze Aktion recht friedlich. Doch als Nächstes fängt die Männerstimme an herumzubrüllen. Und es knallt. Ein Schuss und dann noch einer. Entsetzt schaut Thomas nach oben, spürt einen kalten Hauch, und Herbert landet neben ihm. Fällt fast wie ein Stein vom Himmel. Leuchtet auch nicht mehr. Von oben noch ein Schuss. Er hört die Kugel irgendwo in der Nähe am Boden einschlagen. Und noch ein

Schuss.

„Komm“, keucht Herbert, packt Thomas um die Mitte. Sie heben gemeinsam ab, schweben direkt zum Mercedes, landen hart und rappeln sich auf. Herbert streift das Tuch ab und springt auf der Fahrerseite in den Mercedes. Thomas reißt die Beifahrertür auf und macht einen Satz hinein. Herbert gibt Gas.

„Scheiße, das ging schief. Da müssen wir noch mal ran, mein Lieber.“

„Der Energieaufwand ist enorm. Allein für die Schweberei brauche ich eine ganze Pizza. Die Kühlung der Luft um mich herum braucht noch wesentlich mehr“, erklärt Herbert, als sie wieder im Hotel sind. „Aber es ist ja wichtig, damit die Leute glauben, wirklich einen Geist vor sich zu haben, und ordentlich erschrecken.

„Meinst du, er hat dir den Zauber abgenommen?“

„Ich denke schon. Vor Angst hat er sich sogar in die Hose gepinkelt. Hab nur nicht damit gerechnet, dass er gleich zur Knarre greift und versucht, ein Gespenst zu erschießen. Was ja auch geklappt hätte, wenn er getroffen hätte.“

„Und was hast du zu ihm gesagt?“

„Ich habe ihm eine Standpauke über seine Übeltaten gehalten und ihm Rache geschworen.“

„Das ist alles?“

„Ja. Ich brauche eine gewisse Zeit, um mit dem Armband Teile seines Gedächtnisses zu löschen, aber das hat eben nicht gereicht.“

Am Morgen bekommen sie im Hotel ein typisch italienisches Frühstück vorgesetzt. Brötchen, weiß wie die Wand, Zwieback, Marmelade, Butter und Milchkaffee in einer Tasse mit den Dimensionen einer Suppenschüssel. Man muss es hinnehmen. Na ja, in diesem Teil der Welt kennen sie es eben nicht anders.

Herbert ist nach zehn Stunden Schlaf wieder fit.

„Habt ihr schon öfter die Geister gemacht?"

„Schon, aber wir stecken nicht hinter jeder Geistererscheinung, falls das deine Frage sein sollte. Ich denke, viele solcher Erscheinungen sind reine Phantasie. Wenn sich in einem alten Haus Spinnweben in einem Luftzug bewegen, dann langt das schon."

Herbert hat beschlossen, erst mal ins Brandner Ferienhaus zurückzukehren. Und so machen sie sich auf gen Palermo.

„Schau mal nach hinten", sagt Herbert auf dem Weg.

Etwas Dunkles kommt schnell näher. Ein SUV wird immer größer und größer. Fliegt förmlich von hinten an. Plötzlich knallt es. Sie ducken sich synchron.

„Festhalten", sagt Herbert, ohne die Ruhe zu verlieren.

Thomas ist in heller Aufregung. Die nächste Kreuzung ist zweihundert Meter vor ihnen. Herbert hat ziemlich beschleunigt, aber dieses Riesenvieh von Auto bleibt dran, beschleunigt wie ein Sportwagen. Plötzlich ertönt ein Knall. Noch einer.

„Ich biege ab."

Kurz vor der Abzweigung steigt Herbert in die Bremsen, reißt das Lenkrad nach rechts, geht wieder aufs Gas, und das Heck drückt ein wenig nach außen, so weit das ESP es zulässt. Die Kurve kriegen sie. Dahinter geraten sie leicht auf die Gegenfahrbahn, aber da ist keiner. Thomas hat erwartet, diesen Koloss immer noch an ihnen kleben zu sehen, aber der schießt geradeaus von der Straße runter in eine Baustelle, und da, wo er hindonnert, steht ein Radlader, so was ganz großes Gelbes, ein Volvo, mindestens zwanzig Tonnen. In den kracht er ungebremst rein. Eine riesige Staubwolke breitet sich aus. Autoteile, Gesteinsbrocken und alles Mögliche fliegt durch die Luft. Herbert verringert das Tempo, fährt aber noch einen Kilometer weiter und kommt an einer Bushaltestelle zum Stehen.

„Raumfahrer-Training, drei Jahre Wehrdienst als Kampfpilot. Die Arschlöcher haben auf uns geschossen. Blöd nur, wenn man eine elektrische Lenkung hat", meint er ungerührt.

Jetzt erst wird Thomas klar, was passiert ist. Herbert hat die elektrische Lenkung der Verfolger kurzzeitig blockiert.

„Und die Bremsen habe ich auch ausgeschaltet. Sie leben noch, dank Airbags. Die hätte ich auch rechtzeitig deaktivieren sollen. Aber die Gurte hätten ja auch gereicht. Vielleicht."

Er setzt vorschriftsmäßig den Blinker und fährt weiter.

„Oder möchtest du mit der Polizei darüber diskutieren, warum die auf uns geschossen haben?"

Thomas schüttelt den Kopf.

„Ihr habt Wehrdienst auf Goni?"

„Ja, klar. Wir sind schon oft angegriffen worden."

„Von anderen Planeten?"

„Ja, das gibt's immer wieder mal . Wenn man es geschafft hat, so zivilisiert zu sein, dass man sich nicht mehr untereinander abmurkst, dann kommen andere Idioten. Es ist schon ein Kreuz", stöhnt er. „Schwein gehabt, es hat keiner gesehen, dass wir sozusagen an dem Unfall beteiligt waren. Deren Lenkung geht jetzt auch wieder. Wir haben aber ein anderes Problem."

„Welches denn?"

„Du glaubst doch nicht im Ernst, dass wir lebendig ein Flugzeug besteigen können? Borgametti hat nach unserem Besuch garantiert seine Freunde angerufen und sie zum Flughafen bestellt."

„Und wie kommen wir dann hier weg?"

„Über die Straße von Messina schwimmen."

„Haha." Irgendwie ist Thomas nicht nach Witzen.

„Ich hole die Gurke."

„Wunderbar, wir haben ein Fluchtfahrzeug."

„Jetzt, wo er mich gesehen hat, weiß er natürlich, dass er mit seinem Verdacht gegen uns recht hat."

Thomas wird heiß. Dann fällt ihm noch was ein. „Die Buchung! Für den Flug, das Auto, das Hotel!"

„Kein Problem. Längst gelöscht. Ich buche nie unter meinem Namen, und deiner ist auch nirgends zu finden."

„Und wenn sie irgendwo meinen Pass scannen?", will Thomas wissen.

„Der Datensatz hat sich in dem Moment in Luft aufgelöst, in dem wir durch sind."

Das findet Thomas sehr tröstlich.

Sie steuern einen menschenleeren Strand an, setzen sich auf einen Felsen und betrachten das Meer. Als es dunkel ist, stellen sie den Mercedes auf einen Parkplatz und stecken den Schlüssel in den Auspuff. Herbert will später die Autovermietung informieren. Ein paar Minuten später ist die Gurke da.

„Schon wieder Ufo-Sichtungen heute Abend, aber ich kann es auch nicht ändern. Und jetzt machen wir auch gleich noch unseren zweiten Besuch bei Borgametti. Diesmal auf die harte Tour."

Im Nu sind sie in ein paar Kilometern Höhe. Herbert navigiert die Gurke über Borgametti Haus.

„Dieser Idiot. Ich wollte nett sein zu ihm, aber jetzt kriegt er eine stärkere Dröhnung. Hätte er stillgehalten, dann hätte ich ihm nur den Teil seines Gedächtnisses gelöscht, der mich betrifft."

Herbert geht näher ran. Auf dem Monitor sieht man, wer im Haus ist. Anna befindet sich im Haus, Luigi Borgametti sitzt auf der Terrasse, erkennbar an seiner Statur.

„Erledigt", sagt Herbert nach ein paar Minuten. „Wenn Anna Glück hat, habe ich nur den alten Sack erwischt."

Thomas hat nichts bemerkt. Überhaupt nichts. Das ist schon toll. Und die Art der Bedienung findet er auch beeindruckend. Absolut primitiv ist es, Computer oder andere elektronische Geräte mit einer Tastatur zu bedienen, die Spracheingabe ist schon wesentlich eleganter. Aber die Krönung ist das, was Herbert praktiziert. Mensch und Maschine sind sozusagen neuronal vernetzt. Der Mensch denkt, und schon macht die Maschine, was er will.

„So“, meint Herbert. „Da unten sitzt jetzt jemand, der sich plötzlich sehr leicht fühlt. Als ob alle Mühseligkeiten des Lebens in einem Moment von ihm abgefallen sind. Er ist quasi schwerelos geworden, unser Luigi.“

Tja, Herbert, so kann man sich irren.

Kapitel 30 — Telefonino

Luigi sitzt an diesem Abend in der Tat auf einer Terrasse, aber auf der seiner Lieblings-Trattoria in Trapani und schaut aufs Meer. Gleich nach der Geistererscheinung ist er dorthin gefahren und hat sich mit seinem Sohn Carlo getroffen. Er erzählt ihm, was passiert ist.

„Trotz seiner Maskerade habe ich den Schweden eindeutig erkannt. Aber du hast ihn doch eigenhändig in Costanza erschossen. Und jetzt schwebt er bei mir über die Mauer? Wer ist das? Jesus? Ein Außerirdischer?“

Carlo macht die *Ich-weiß-es-nicht*-Geste. Hebt die Schultern an, reißt die Augen auf und dreht die Handflächen nach oben.

Sie debattieren die Neuigkeiten. In den letzten paar Tagen haben Freunde viele geheime Informationen erhalten. Darunter Videos von Morden, auf denen man die Täter einwandfrei identifizieren kann, sowie Informationen über die verschiedenen Geschäftsbereiche — den Schutz der Geschäftsleute, die Transportwege für die Drogen, die Geldwäsche und den Handel mit Waffen. Man weiß von der Polizei, dass die auch alles zugespielt bekommen hat. Und es ist auch belastendes Material über Luigi dabei.

Man kann keinen Staatsanwalt mehr erpressen. Die Polizei der ganzen Gegend kann einem jetzt keinen Gefallen mehr tun. Es ist zum Kotzen. Er hat keine Lust, in irgendeinem dreckigen Gefängnis zu versauern.

Dieser Schwede ist zu Hause gewesen, als Carlo ihn besucht hat. Der andere aber seltsamerweise nicht. Auch seine Frau war weg. Sie haben herausgefunden, dass deren Kinder in Tübingen studieren. Auch die waren nicht anzutreffen. Der Schwede hat seit Kurzem eine Freundin in Frankfurt. Ebenfalls von der Bildfläche verschwunden.

Viele Mitglieder anderer Familien haben sich in Sicherheit gebracht, manche sitzen schon im Knast, manche haben sich in die Dominikanische Republik abgesetzt, einige nach Brasilien. Er müsste eigentlich auch abhauen. Nach dem ersten Erscheinen der Videos vor einer Woche hat es eine Mordserie gegeben. Vendetta eben. Diese wiederum hat eine Gegenserie ausgelöst. Luigi jedoch weilt noch immer unter den Lebenden. Er hat überlegt, ob er sein Wissen um diese Programmierer mit anderen Familien teilen soll, aber er hat sich dagegen entschieden. So könnte dieser Hacker noch weitermachen und die ganze ehrenwerte Gesellschaft würde etwas kleiner, was ihm die Möglichkeit geben würde, den Einfluss seiner Familie auszudehnen.

Das Geschäft mit dem *pizzo* ist ganz kaputt, der Waffenhandel ist tot. Alle anderen Geschäfte werden auch immer schwieriger, weil man keine Waffen mehr hat, um seinen Wünschen Nachdruck zu verleihen. Zumindest hat man keine, von denen man sicher weiß, dass sie funktionieren. Und da fällt ihm ein, was er will. Er will funktionierende Munition. Das ist das Wichtigste im Augenblick. Alles andere ist sekundär. Er fühlt sich geradezu erleuchtet von dieser Erkenntnis. Hätte er Munition, dann hätte er die Macht.

„Carlo, wir müssen in eine Munitionsfabrik investieren. Wir müssen unsere Munition selbst entwickeln. Wir brauchen Chemiker. *Subito.*“

Carlo verdreht die Augen zum Himmel.

„Papa, wir arbeiten dran. Aber das dauert. Das predige ich dir schon die ganze Zeit. Du möchtest *Capo di tutti i capi* werden. Wenn du dieses Ziel aber auf deine Art verfolgst, bist du bald *Capo* von gar nichts, *niente*. Das ist vollkommen bescheuert von dir.“

Luigi hat seit dreißig Jahren die *famiglia* erfolgreich durch alle Schwierigkeiten geführt, und jetzt kommt dieser Besserwisser von seinem Sohn daher. Er erhebt sich aus seinem Stuhl, holt aus und langt ihm eine. Carlo wird unvorbereitet getroffen. Der Schlag ist nicht hart. Er schaut zum Kellner hin. Der sieht schnell weg. Carlo spürt etwas in sich brennen, tief drin. Es tut weh. Es ist nicht der Schmerz, es ist die Demütigung.

Da ruft ein Freund auf Luigis *telefonino* an. Das

Gespräch bricht ab, kaum hat er auf die grüne Taste gedrückt. Zornig schüttelt er das iPhone. Da es bei der Wiederholung des Anrufs klappt, denkt er, das Schütteln habe etwas gebracht. So ist es, Luigi, Glaube versetzt bekanntlich Berge.

Kapitel 31 — Koma

Thomas und Herbert sind wieder in Brand. Der Flug dauerte nur zweihundertdreiundvierzig Sekunden. Hat Thomas gestoppt.

Er schaut Herbert bei der Arbeit zu. Der saugt seit zwei Stunden neue Daten von Borgamettis Computer über dessen Handy ab, weil Luigis PC meistens nicht online ist. Die von der Mafia sind halt vorsichtige Leute. Ziehen den Stecker, wenn sie mit ihrem PC nicht ins Internet müssen. Aber das reicht natürlich nicht aus, um einen Herbert zu bremsen. Beim nächsten Internet-Kontakt hat er Luigis Handy zum WLAN-Hotspot gemacht und den PC des Mafiosos mit dessen Handy verbunden, also das WLAN aktiviert. Und nun flutschen die Daten aus Luigis PC alle zu Herbert und füllen die Festplatte. Luigi ist seine wichtigste Quelle und er will noch so viel Daten wie möglich holen, bevor Luigis Handy-Akku leer ist, weil dessen Besitzer nicht mehr weiß, was ein *telefonino* ist.

„Was ist das denn?“, bellt Herbert. „Luigi telefoniert!“

Da unterbricht Herbert das Absaugen, bis Luigi fertig ist, damit der nichts merkt. Wenn Luigi telefoniert, während die Daten über das Netz zu Herbert wandern, geht das *telefonino* temporär in die Knie.

„Wieso kann der telefonieren? Und er klingt auch ganz vernünftig. Erzählt von einem Geist. O Mann, ich habe den falschen paralysiert, vermutlich einen Leibwächter. Mist, wir müssen noch mal hin.“

Thomas nickt ergeben.

„Hat die Gurke eigentlich noch andere Waffen außer diesem Gehirn-Zerstörer?“

„Ja, klar. So eine Art Laserkanone. Es kann einem ja immer einer dumm kommen. Und du siehst alt aus, wenn der welche hat und du nicht.“

„Schade, ich habe immer gedacht, die Zukunft sei

friedlich.“ Thomas fällt noch was ein, was er ihn schon ewig mal fragen wollte. „Seid ihr eigentlich in Sachen Umwelt aktiv?“

„Ja, schon lange. Vor vielen Jahren saß einer von uns eine Nacht lang am Bett eines Frankfurter Taxifahrers mit Hobby-Revoluzzer-Ambitionen und hat ihm eingeflüstert, dass er mit dem Thema Umwelt was werden könnte.“

„Warum ausgerechnet bei dem?“

„Weil der uns von allen am ehrgeizigsten erschien. Vor einigen Jahren nach einem Atomunfall in Japan hat er etwas Ähnliches mit der deutschen Kanzlerin gemacht. Die halbe Nacht saß er am Bett, der Ehemann schnarchte daneben, und er hat sich abgemüht, ihr klarzumachen, dass es an der Zeit wäre, sich des Themas anzunehmen. Es hat erst in der zweiten Hälfte der Nacht geklappt. Da ist er auf den Trichter gekommen, sie davon zu überzeugen, dass man damit den Grünen massiv Stimmen abjagen kann. Das hat ihr Gehirn begeistert akzeptiert. Wir sind nur wenige, aber wir versuchen, die richtigen Leute zu beeinflussen. Das ist besser als nichts.“

„Was ist mit den beiden im SUV, die kennen sicher unsere Namen.“

„Ich weiß mehr über die zwei.“

„Hätte mich auch gewundert, wenn nicht.“

„Sie liegen im Krankenhaus in Trapani. Den einen hat es ziemlich schwer erwischt, der liegt im künstlichen Koma. Der andere telefoniert schon wieder. Wollen wir später los?“

„OK.“

Als es dunkel genug ist, machen die beiden Helden sich wieder in Richtung Sizilien auf. Die Gurke buddelt sich weit außerhalb von Trapani an einem Feldweg ein. Herbert hat ein Taxi bestellt, das sie zum Spital bringt.

Es sei ganz einfach, in diesem Krankenhaus an Informationen zu kommen.

„In Konstanz ist es viel schlimmer, da hat jede Abteilung ein eigenes System und nichts ist vernetzt. Ich weiß, wo die Saukerle zu finden sind.“

Sie fahren mit dem Lift ein paar Etagen hoch und laufen einen Gang entlang. Plötzlich stoppt Herbert, öffnet die Tür, vor der sie gerade stehen, und zerrt Thomas in einen kleinen Raum. Da hängen jede Menge Arztkittel. Herbert schnappt sich zwei und reicht Thomas einen davon. Helle Hosen und helle Schuhe haben sie schon an. Mit einer angedeuteten Verbeugung sagt Herbert: „Dottore Helmqvisti, Chirurgo."

Thomas verbeugt sich gleichfalls und sagt: „Dottore Tomaso Berbucci."

Sie lachen wie zwei kleine alberne Jungs.

„Herbert, hoffentlich läuft das besser als in Konstanz."

Der Angesprochene nickt nur. Er öffnet die Tür einen Spalt, späht vorsichtig nach beiden Seiten. Keiner da, also raus. Sie schlendern über den Gang. Herbert quasselt auf Italienisch und Thomas sagt immer nur fachmännisch *si* oder *si, certo.* Er hat seinen Übersetzer natürlich dabei. Herbert stoppt vor einem Zimmer, blickt nach hinten und nach vorn und öffnet die Tür. Drinnen stehen zwei Betten. Im ersten liegt ein älterer Mann mit geschlossenen Augen.

„Das ist er", zischt Herbert und zeigt auf das andere Bett. Der, der drin liegt, sieht ihn mit aufgerissenen Augen an. Er hat sie erkannt. Klar, jemand hat ihm vor dem Attentat Fotos vor die Nase gehalten. Er versucht hochzukommen. Geht aber nicht, denn sein linkes Bein ist an so einem Gestänge festgezurrt und steht im 30-Grad-Winkel nach oben. Er zappelt. Dabei verzerrt er das Gesicht vor Schmerzen. Da muss einiges gebrochen sein. Herbert ist schon neben ihm und drückt ihn runter. Thomas kommt von der anderen Seite und hilft dabei. Herbert beugt sich über ihn. Er hält ihm den Mund zu. Der Sizilianer glaubt offenbar, sie wollen ihm so richtig ans Leder. Ja, wie sollte er auch was anderes denken, kennt es ja nur so. Sie bringen sich ja immer gleich um. Dann richtet Herbert die Hand mit dem Armband auf ihn. Der Italiener hat seinen sinnlosen Widerstand aufgegeben und liegt flach atmend da. Die Spannung verlässt seinen Körper. Der Kopf sackt zur Seite.

„Jetzt habe ich ihn", flüstert Herbert. „Zehn, neun,

acht, sieben, sechs, fünf, vier." Bei vier hört man draußen was. „Scheiße, drei, zwei, eins." Bei eins hört man, dass sich die Türklinke bewegt. Irgendwer quasselt vor der Tür.

Herbert reißt sich den Kittel vom Leib, Thomas auch. Auf dem Rollwagen des Nachbarn liegt eine leere Plastiktüte. Thomas greift sie und stopft beide Kittel rein. Sie sitzen wie die Unschuldslämmer links und rechts auf den Bettkanten.

Die Tür geht schwungvoll auf. Eine kernige mittelalte Schwester kommt rein und sieht sie an. Herbert sagt irgendwas auf Italienisch. Die Schwester lacht. „Ciao." Herbert greift nach der Tüte mit den Kitteln, und sie verlassen das Zimmer.

„Unser Freund weiß jetzt noch, dass er jemanden umbringen soll, aber nicht mehr, wen. Tut mir leid für ihn, aber man bringt auch keine Leute um. Fausto heißt er. Jetzt ab zu Gianni."

Herbert geht zielstrebig zur Intensivstation. *Unita di terapia intensiva* steht am Eingang.

Vor der Tür ziehen sie die Kittel wieder an. Keiner nimmt Notiz von ihnen. Es sind einige Ärzte und Schwestern unterwegs. Herbert weiß genau, wo er hin will. Am Ende eines Ganges betritt er ein Zimmer. Darin stehen zwei Intensivbetten. Im ersten liegt ein Mittvierziger mit geschlossenen Augen. Herbert steuert das zweite an. Darin liegt ein jüngerer Mann. Er ist ziemlich verkabelt. Auch seine Augen sind zu.

In dem Moment kommt von hinten eine Schwester und spricht Herbert an. Thomas versteht nur Bahnhof. Sizilianisch ist eben doch sehr eigen. Es wirkt so, als würde sie Herbert fragen, was sie wollen. Er antwortet mit einem Schwall von Sätzen, aber das hilft nichts, die bleibt stur und faselt etwas von *Dottore Bertelli* und *Dottore Fanchini.* Anscheinend sind das hier die Platzhirsche. Herbert schaut ein wenig unsicher drein.

Thomas wird gerade sehr unwohl. Bitte nicht schon wieder so wie in Konstanz. Herberts Blick schweift suchend durchs Zimmer. Als er an den elektronischen Apparaturen neben dem Bett des Mafioso hängen bleibt, blitzt so etwas wie eine Erkenntnis in seinem Gesicht auf. Genau, das hätte in Konstanz ja um ein Haar auch funktioniert. Sekunden später fängt die Kiste mit den Kabeln an, höllisch zu jaulen. Überall blinken Warnleuchten. Allerdings liegt der Patient nach wie vor ganz friedlich da. Die Schwester rennt zu dem Apparat, dann fummelt sie ihren Piepser raus und drückt drauf rum. Das scheint sie aber nicht weiterzubringen. Den hat Herbert vermutlich abgestellt. Die ganze Apparatur neben dem Bett geht jetzt auch noch aus. Also zumindest erlöschen alle Lampen und Instrumente. Die arme Frau gerät in Panik und jetzt ändert sich ihre Einstellung gegenüber den anwesenden Fachärzten gründlich.

Sie guckt Herbert hilfesuchend an, und der beugt sich über den Patienten, fühlt seinen Puls und spricht beruhigend auf ihn ein. Dabei hält er seinen rechten Arm auffallend gerade auf ihn gerichtet. Da der eh schon im Koma liegt, würde man wohl nicht viel bemerken. Nach etwa dreißig Sekunden nickt er Thomas zu. In dem Moment startet die ganze Apparatur wieder, und in der Tasche der Schwester piepst es.

Die beiden „Fachärzte“ verabschieden sich mit einem knappen Nicken und verlassen die Klinik.

Ein Taxi bringt sie zur eingebuddelten Gurke.

„Und jetzt noch zu Luigi“, verkündet Herbert. „Anna habe ich aus dem Haus entfernt“, sagt er mit einem frechen Grinsen.

„Wie das?“

„Sie hat einen Anruf aus dem Krankenhaus bekommen, ihr Sohn sei mit Darmverschluss eingeliefert worden.“

Thomas lacht heftig. „Darmverschluss, wie heißt das auf Italienisch?“

„*Ostruzione intestinale.* Und ich bin erleichtert darüber, dass Anna unsere Attacke gestern Abend gut überstanden hat. Ich habe den Leibwächter voll erwischt. Der weiß nicht mal mehr, wie er heißt. Habe aber trotzdem kein Mitleid mit ihm, der hat jede Menge unschuldige Menschen auf dem Gewissen.“

Herbert positioniert die Gurke über Borgamettis Haus auf etwa fünfhundert Meter Höhe.

„Schau mal." Herbert zeigt auf den Monitor. Da sind vier Männer zu sehen.

„Luigi und die Bodyguards. Jetzt hat er schon drei bei sich. Scheint Muffe zu haben."

Der am Eingang postierte fällt um wie ein Stein, die drei anderen kippen in ihren Stühlen zur Seite.

„Die schlafen jetzt erst mal. Den Schlaf des Vergessens."

Kapitel 32 — Crash

Thomas schaut sich Internet-Nachrichten an. Herbert hat was gebaut, mit dem sie per Handy und Internet kommunizieren können, ohne dass irgendwer in der Lage wäre, ihren Standort herauszufinden.

„Nicht mal die NSA."

Auf allen Nachrichten-Webseiten erscheint der gleiche Aufmacher. Ein unbekannter Whistleblower hat Wikileaks gesteckt, ein Routinecheck von US-amerikanischen Atomwaffen habe ergeben, dass zumindest die getesteten nicht funktionieren würden. Der Präsident schäumt vor Wut. Die Russen kündigen an, sich einige ihrer ehemaligen Vasallenstaaten wieder einverleiben zu wollen, jetzt wo sie keiner mehr daran hindern könne.

Der US-Präsident twittert, die sollten vielleicht auch mal ihre Waffen testen, bevor sie den Mund zu weit aufreißen.

Und dann sticht noch eine Nachricht heraus.

Ein amerikanischer Multimilliardär bringt den größten Teil seines Vermögens in eine wohltätige Stiftung ein. Seine Begründung: Er lebte in einem Luxusanwesen in Malibu und habe sich durch ein Heer von Wachmännern schützen lassen. Kürzlich habe es in seiner Abwesenheit einen brutalen Einbruch gegeben. Seine Wachmänner hätten erfolglos versucht zu schießen. Die Einbrecher hätten einmal geschossen, und die Wachmänner seien Hals über Kopf geflohen. Darauf sei ihm die ganze Bude ausgeräumt worden. Jetzt habe er sie verkauft und würde sein Geld größtenteils verschenken, damit alle Gauner wüssten, dass bei ihm nicht allzu viel zu holen sei. Er müsste nun auch keine Angst mehr haben, dass jemand seine Kinder entführen würde. Der ganze *fucking* Luxus habe ihn sowieso nicht mehr befriedigt. Er habe mit Verlust verkauft, und er ginge davon aus, dass ihm die meisten anderen Reichen folgen würden, und dann würden die Preise für solche Luxusanwesen in den Keller rauschen.

Thomas kratzt sich am Kopf. So weit hat er ja noch gar nicht gedacht.

Herbert kommt die Treppe des Ferienhauses runter. Thomas zeigt ihm die Nachrichten. Herbert sieht sie sich interessiert an.

„Aber schau mal, was ich gemacht habe.“ Er scrollt ein bisschen runter und zeigt auf einen Artikel.

Gesamte Kommunikation in Sizilien zusammengebrochen.

„Mensch, Herbert.“

„Ich habe *Webcrawler* losgeschickt. Meine sind natürlich anders als das primitive Zeug, das ihr kennt“, spreizt sich der galaktische Pfau. „Sie erreichen alles, was irgendwie an einem Netz hängt. Und sie vermehren sich, die kleinen Programmchen, und flitzen unfassbar schnell im Internet herum. Kein Mensch kann sie sehen.“

Carla, Eva, Lisa und Ralf gesellen sich zu ihnen.

„Einer wie du könnte ja die gesamte IT eines Landes oder sogar der ganzen Welt lahmlegen“, meint Ralf.

„Das merkst du auch schon? Schon mal was von Cyberwar gehört? Kannst du dir vorstellen, was in einem großen Unternehmen los wäre, wenn ich alles ausfallen lassen würde? Irrwitzige Kosten. Das ist überhaupt die Idee. Wir lassen bei allen steuertricksenden Großunternehmen mal einen Tag die IT komplett aussteigen. Google und Apple ohne IT, das wäre was. Da werden sie schon aufhören mit den miesen Steuertricks.“

„Ja, das machen wir, sobald die Mafia uns nicht mehr kennt, aber so lange setzt du dir bitte keine neuen Flausen in die Birne, Herbert!“

Lisa und Ralf sehen ihren Vater grinsend an.

„Papa, so redest du sonst nur mit uns.“

„Der ist ja erst sieben und ein wenig infantil, da muss man ab und zu mal Deutsch mit ihm reden“, knurrt Thomas.

„Ich beneide dich“, sagt Carla zu Herbert. „Wenn du mal zu dick wirst, dann fliegst du ein bisschen in der Gegend rum, und ruck, zuck ist die ganze überflüssige Energie weg."

„Wenn ihr wollt, könnte ich euch das beibringen. Herbies Airshow. Wir könnten mit der Nummer im Zirkus auftreten. Apropos Zirkus. Ich war noch nie im Zirkus. Nächste Woche ist einer in Innsbruck. Gehen wir zusammen hin?"

Thomas wollte schon lange mal wieder mit einem Siebenjährigen in den Zirkus gehen.

Kapitel 33 — Demenza

Luigi Borgametti sitzt auf seiner Terrasse. Er ist in den letzten Tagen viel bei Ärzten und im Krankenhaus gewesen. Diese Frau, die Anna heißt, hat ihn da hingeschleppt. Er weiß noch ganz genau, dass er etwas vorhat. Aber er weiß nicht mehr, was.

Anna ist eigentlich ganz froh über das, was passiert ist. Luigi ist irgendwann mal ein junger hübscher Mann gewesen. Dass er zur Cosa Nostra gehörte, war hier normal. Aber als er älter und immer mächtiger und reicher geworden ist, da ist er auch immer böser geworden. Früher hat er wenigstens ab und zu mal ein gutes Herz gezeigt, aber das ist schon lange her. Und ab vierzig hat er immer Geliebte gehabt. Ganz vorsichtig hat sie ihn vor ein paar Tagen nach Sophia gefragt.

„Che Sophia?", hat er zurückgefragt – welche Sophia?

Da ist sie in die Kirche gegangen und hat zum Dank ein paar Kerzen angezündet. Und er ist auch wieder viel umgänglicher geworden. Milder, freundlicher. Eigentlich ist es wieder fast wie früher.

Zwei Carabinieri kommen den Weg zum Haus herauf. Sie packen Luigi und hieven ihn aus seinem Sessel hoch. Und dann nehmen sie ihn mit. Anna fragt sich, ob Demenz strafrechtlich von Nutzen ist. Sie wird Gianna anrufen, ihre Tochter. Gianna wird kommen. Sie ist ja Anwältin. Sie muss helfen. Und Carlo muss her. Jemand muss sich ja um die Geschäfte kümmern.

Kapitel 34 — Quantenlehre

Lisas und Ralf mosern immer häufiger über den Zwangsaufenthalt mit Mama, Papa, dem Alien sowie seiner Angebeteten.

Herbert stellt ihnen in Aussicht, sie könnten alle nach der nächsten Aktion – so sie gelänge – wieder nach Hause, was allseits Begeisterung entfacht.

Ralf nutzt die Zeit, Eva nach Ratschlägen zur Karriereplanung zu befragen, was Thomas sehr freut. Zudem versucht er, Herbert mehr über die Quantenmechanik zu entlocken. Der gibt zu, er selbst verstehe nicht viel davon, aber auf Goni sei die Ausbildung nur ein Level-2-Wissenspaket, keine große Sache also.

„Quanten-Azubi auf Goni, das wär's doch. Herbert, wie bekommt man eine Ausnahmegenehmigung für einen Studienaufenthalt auf Goni?", will Ralf wissen.

„Mach erst mal dein Examen. Dann sprechen wir noch mal drüber."

Unterdessen hat Herbert die nächste Aktion vorbereitet. Carlo Borgametti, Luigis Sohn, ist der letzte Mafioso, der von ihrer Existenz wissen und ihnen gefährlich werden kann.

Carla und Eva haben sich diesmal geweigert, die beiden Männer alleine losziehen zu lassen. Trotz Thomas' Bedenken haben sie sich nicht umstimmen lassen und sind stur geblieben.

Auf dem Weg zur Gurke erkundigt Thomas sich bei Herbert, wie die Gonim das denn sähen, wenn einer der Herren Entwicklungshelfer verloren ginge.

Da seien die Gonim schmerzunempfindlich. Wenn es so sei, würden sie es eben akzeptieren.

„Ich bin für die ja nur ein Mensch."

Dann hat Thomas ihn noch gefragt, warum er manchmal so unvorsichtig sei. Er habe in SciFi-Filmen immer nur total überlegene und total organisierte Aliens erlebt, die nichts dem Zufall überließen.

„Das scheint in der Realität anders zu sein. Nobody is perfect, mein Lieber", gibt Herbert zurück.

„Wie sieht dein Plan aus?", will Eva während des kurzen Flugs nach Trapani wissen.

„Wie gehabt. Wir positionieren uns über seinem Haus und er bekommt seine Dröhnung. Laut Handy ist er da."

Herbert navigiert das Transportgerät vorsichtig in die korrekte Position.

Sie schweben über dem Anwesen. Man sieht einen Mann mit einer Taschenlampe über den Hof laufen. Plötzlich wird es unter ihnen hell. Eine grelle, halbkugelförmige, gelb-orange Wolke breitet sich aus.

„So, das war's." Herbert dreht sich zu seinen Gefährten um. „Ich habe denen jetzt eines mit der ganz großen Keule gegeben. Die kennen keinen einzigen Namen mehr, nicht einmal ihren eigenen, und auch alles andere dürfte gelöscht sein. Bisschen brachial, aber ich habe die Nase voll davon, mich von solchen Gangstern verfolgen zu lassen, nur weil sie unbedingt Koks schmuggeln und Leute abmurksen wollen."

Einen Tag später verlassen sie Brand, nachdem Herbert ihren letzten Kontrahenten einem eingehenden digitalen Check unterzogen hat. Von Carlo gibt es nicht mehr das geringste Spürchen, kein *telefonino*, keine sonstigen elektronischen Lebenszeichen. Sie sind trotz aller alpinen Schönheit froh, wieder nach Hause zurückkehren zu können.

Als kleine Wiedergutmachung für das von ihm verschuldete Exil macht Herbert mit ihnen einen Abstecher zum Mond.

In ihrer Abwesenheit haben sie die aufgebrochene

Tür reparieren lassen. Einer der Nachbarn hat ihren Hausschlüssel gehabt. Von dem Einbruch sieht man nichts mehr. Sie mussten auch noch zur Polizei und sind mehr als froh, dass man am Bodensee relativ sicher sein kann, dass die nicht auf der Gehaltsliste der Mafia stehen.

Und dann haben sie noch beschlossen, einen Swimmingpool zu bauen. Eine Baufirma hat mit dem Aushub begonnen. Etwa einen halben Meter haben sie abgetragen. Wegen angeblicher Differenzen mit dem Nachbarn werden die Bauarbeiten aber gestoppt. Sie und Differenzen. Nein, der wahre Grund ist, dass sie die Gurke in der nächsten Zeit in nächster Nähe haben wollen.

Herbert hat sie mit der Beamerei vertraut gemacht. Ralf ist ganz scharf darauf. Na ja, Physikstudent meets Zukunft. Er hat sich an einem Tag mindestens zwanzigmal hin- und hergebeamt. Als Herbert das mitbekommen hat, wurde Ralf von ihm darauf aufmerksam gemacht, dass das schädlich für die Potenz sei. Natürlich hat er ihn verkohlt, aber Ralf beamte lieber nicht mehr.

Kapitel 35 — Collaboration

Leon Schetzer kann sich nicht erinnern, jemals so lange ohne Ergebnis über einen Fall nachgedacht zu haben.

Schnell hatte sich ja herausgestellt, dass seine Zielpersonen von der Mafia verfolgt werden. Da sind ihm erste Zweifel gekommen. Er hat dann ein wenig im Internet geforscht und herausgefunden, dass es gegen den Auftraggeber ihrer Partnerdetektei in South Carolina Vorwürfe wegen Verbindungen zur Mafia gibt. Bei Berlinger wird grundsätzlich nicht für Gangster ermittelt. Und von da an schaut er natürlich noch genauer hin. Warum verfolgt die Mafia diese zwei Leute – etwa weil die hinter den Mafia-Enthüllungen stecken? Kann das sein?

Berichte über Probleme der Cosa Nostra in Sizilien häufen sich. Waffen versagen ihren Dienst. Er verschlingt in letzter Zeit alles, was er zum Mafia-Thema finden kann. Die Presse ist voll davon, Polizei, Staatsanwaltschaften und Regierungen haben Unmengen von Daten über die sizilianische Cosa Nostra erhalten mit exakten Informationen über Schutzgelderpressungen, Korruption, Drogenschmuggel, Waffenhandel und Morde. Vorher ist es ja nicht so gewesen, dass die Polizei nicht gewusst hätte, wer zu dem Verein gehört und wer welchen Dreck am Stecken hat. Aber mit dem, was jetzt aufgetaucht ist, kann man sehr viel davon plötzlich hieb- und stichfest beweisen. Vorher hat die Polizei auch gar nicht mehr wissen wollen, denn die Gegenseite hat klargestellt, dass sie wusste, wo die Kinder der Polizisten zur Schule gehen. Jetzt dagegen bleibt ihnen gar nichts anderes übrig, als zu ermitteln. Die italienische Regierung hat sogar schon Polizisten aus anderen Ländern hinzugezogen.

Die Mafiosi begannen, sich gegenseitig abzuschlachten. Mehr als vierhundert Morde haben sich ereignet. Das ist natürlich noch keine Ausrottung der Cosa Nostra, aber ein sehr schwerer Schlag. Die in Kalabrien und Neapel sind bisher verschont geblieben, aber die bereiten sich schon mal vor.

Leon fragt sich, wie diese zwei Figuren von der Konstanzer Softwarefirma das alleine fertigbringen können, und er befragt hierzu einen ihrer Hacker aus der Agentur. Der behauptet, dass zehn Leute fünf Jahre bräuchten, um das alles zu ermitteln, und zwar unter technischen Voraussetzungen, die es eigentlich gar nicht gibt. Es ist ihm komplett schleierhaft. Wie können zwei Mann so viele Daten sammeln? Selbst die NSA, eine Behörde mit über dreißigtausend Mitarbeitern, hat so was noch nicht zustande gebracht. Gut, vielleicht hat sie es auch noch nie probiert. Doch vor allem ist erstaunlich, dass die beiden noch leben …

Leon Schetzer schwingt spontan die Füße vom Schreibtisch, schnappt sich den für Alarmstarts in der Ecke stehenden Rucksack sowie seine Jacke und verlässt das Büro. In dem Rucksack sind Klamotten für zwei Tage und was zu lesen für Stunden der Langeweile, die es in seinem Job zwangsläufig immer mal gibt. Das Notebook schiebt er auch noch rein. Er kennt das von sich. Manchmal, wenn er mit einer Sache ums Verrecken nicht weiterkommt, dann startet er aus heiterem Himmel eine Hauruck-Aktion.

Drei Stunden später steht er mit dem Wagen wieder vor Helmqvists Haus.

Auf der Fahrt hierher sind seine Gefühle Achterbahn gefahren. Ja, auf der einen Seite hat er Schiss vor diesem Treffen. Der Typ ist nicht zu unterschätzen. Sein Auftrag lautet, ihn zur Strecke zu bringen. Andererseits würde es ihn schon reizen, ihn persönlich kennenzulernen.

Einfach aussteigen und klingeln? Das Herz klopft ihm, dem hartgesottenen Ex-Bullen, bis zum Hals. Da geht die Tür des Hauses auf. Helmqvist kommt raus und stellt sich neben Leons Fahrertür.

„Hallo, Leon, ich bin Herbert, komm rein.“

Leon macht den Mund auf, bringt aber nichts heraus. Er öffnet die Wagentür, steigt aus und folgt ihm ins Haus. Sie fahren mit dem Lift in das oberste Stockwerk. Herbert zeigt einladend auf ein Sofa.

„Was zu trinken, Kaffee vielleicht?"

„Ja, ge-gerne." Was keiner weiß: Leon hat ganz früher als Kind mal gestottert. Das kommt nur noch sehr selten vor, nämlich dann, wenn er unter besonderer Anspannung steht.

„Die Idee mit der Wanze im Kamin war gut. Tut mir leid, dass es nicht geklappt hat. Was kann ich für dich tun? Weißt du, wir Schweden sagen immer gleich du."

„Du bist so wenig ein Schwede wie ich."

Jetzt schaut Herbert Leon überrascht an.

„Ich war in Ystad bei Helmqvists Eltern."

Herbert fängt sich schnell. „Respekt. Dann weißt du ja, dass mit mir was nicht stimmt. Du ermittelst für Dwellin Agrochemicals, nicht wahr?"

Leon nickt.

„Ich muss wohl Farbe bekennen."

Herbert erzählt ihm alles. Seine Herkunft, seine Aufgabe, die Erlebnisse der letzten drei Monate. Leon hört zu, stellt nur wenige Zwischenfragen.

„Und jetzt kannst du zu deinen Auftraggebern gehen und mich verpfeifen." Herbert lehnt sich zurück und macht eine Pause.

„Ich bin mir schon länger nicht mehr so sicher, ob ich das überhaupt will."

Leon berichtet Herbert, wie sehr ihn die Erfolglosigkeit seiner Polizeiarbeit immer genervt hat. „Wenn ich sah, wie die Dreckskerle fröhlich pfeifend das Gericht verließen, kam mir das Kotzen." Umso mehr hätten ihn Herberts Aktivitäten bezüglich der Mafia beeindruckt.

„Handfeste Beweise auf den Tisch gelegt und den Sack zugemacht, das gefällt mir als ehemaligem Bullen natürlich."

„Du könntest mich ja laufen lassen."

„Ja, könnte ich."

„Wenn du es nicht tust, wird es weniger gute Taten auf der schönen Erde geben. Ich kann manche Dinge beeinflussen." „Wer weiß alles über dich Bescheid, Herbert?"

Er vertraut ihm auch das an.

„Das ist ja übersichtlich."

„Leon, sei ehrlich. Dein Ehrgeiz ist befriedigt, denn du hast mich geschnappt. Und jetzt hast du Beißhemmung."

Leon gibt es zu.

„Ihr könntet sowieso nicht wirklich was gegen mich unternehmen. Mich anzeigen? Dann müsste ein deutscher Staatsanwalt mir alles nachweisen, und das wird schwierig, sehr schwierig. Wenn sogar die CIA mir glaubt."

Leon will wissen, was Herbert für eine Ausbildung habe. Der zählt auf. Als er beim zehnten ultrakurzen Studium angekommen ist, bricht Leon in schallendes Gelächter aus.

„Hör auf, es reicht."

Später fahren sie rüber zu diesem Berbusch und seiner Frau. Leon wird zum Essen eingeladen und übernachtet bei Herbert im Gästezimmer.

„Wenn du mal Hilfe brauchst, sag es nur, du weißt ja, ich habe gewisse Fähigkeiten", sagt Herbert am nächsten Morgen zum Abschied.

Schon an der ersten Autobahnraststätte in Engen fährt Leon raus, ruft Herbert an und fragt, ob der ihn bei einem sehr speziellen Problem unterstützen könne.

„Klar", meint Herbert, „das habe ich dir ja angeboten, mein Freund."

Leon schildert knapp, worum es geht. Sie vereinbaren, sich in den nächsten Tagen in Frankfurt zu treffen.

„Du, Leon, kannst du mir auch einen Gefallen tun und kurzfristig für meine Freundin in Frankfurt Personenschutz organisieren?"

„Sofort."

„Aus welchem Grund?"„Tja, ich bin mir nicht mehr hundertprozentig sicher, ob die Gefahr wirklich gebannt ist."

„Gut, was darf es denn kosten?"

„Ach, das ist egal."

„Egal ist gut, das wird meinem Chef gefallen. Ich kann dir zusagen, dass sie ab heute Mittag von uns bewacht wird."

Kapitel 36 — Bodyguard

Thomas sitzt wieder einmal an seinem PC und schaut Nachrichten. Er hat jetzt viel Zeit. In der Firma flutscht alles von selbst. Herbert hat während ihres Aufenthalts in Brand den Rest der Arbeit auch noch automatisiert. Ihre Mitarbeiter arbeiten fast nur noch von zu Hause aus. Hat sich in ihrer Zeit in den Bergen so eingespielt und funktioniert bestens.

Irgendwie ist die Welt viel aufregender geworden, seit Herbert aufgetaucht ist.

Kriminelle Organisationen suchen auf dem ganzen Globus verzweifelt nach Möglichkeiten, sich Munition zu beschaffen.

Der Chef der National Rifle Association, die Lobby-Organisation aller US-amerikanischen Waffenfanatiker, hat Selbstmord begangen. Er hat dafür vier Patronen und vier Revolver gebraucht.

In Syrien hat eine wütende Horde Bauern und Bürger den Rest vom IS überrannt und gehörig vermöbelt. Der syrische Machthaber hat vorgezogen, das Land zu verlassen.

Journalisten und schlaue Leute konstatieren, das Gewaltmonopol des Staates habe es erstens nie wirklich gegeben und spätestens jetzt sei es Geschichte. Die Massen könnten ihren Willen durchsetzen, da keine Waffen mehr da seien, um die Gesetze zu schützen. Der Wille der Straße bräche sich Bahn.

Thomas überlegt gerade, ob das schlecht sei, als die Tür auffliegt. Herbert stürmt kreidebleich herein.

„Wir müssen sofort nach Frankfurt. Sie haben Eva entführt! Und Leon gleich mit dazu.“

Thomas wird kreidebleich.

„Wir nehmen das Auto. Die Gurke würde zu sehr auffallen.“

Sie springen in den Maserati und ab geht‘s.

„Wir hätten in Brand bleiben sollen. Oder zumindest Personenschutz organisieren."

„Tommy, sie *hatte* Personenschutz. Die haben sie in Mafia-Manier gekidnappt. Auf offener Straße."

Unter Missachtung vieler Vorschriften und Tempolimits schaffen sie es in gut drei Stunden nach Frankfurt. Glück gehabt, nicht ein einziger Stau.

Thomas hat Carla angerufen und ihr erklärt, was passiert ist. Sie wird dafür sorgen, dass Lisa und Ralf bei Freunden untertauchen. Sie selbst wird zu einer Freundin ziehen.

Sie treffen sich mit Berlinger am Gebäude von Meyers-Rocke in Frankfurt-Niederrad. Berlinger hat die beiden Personenschützer mitgebracht, die dabei gewesen sind. Sie sehen mitgenommen aus.

„Wir machen das schon ewig, aber so was ist noch nie passiert. Leon ist mit Frau Martok gefahren und wir waren im zweiten Auto."

Sie folgen der Route, die Leon genommen hat. Am Ort der Entführung steigen sie aus. Der Fahrer berichtet: „Wir waren direkt hinter ihnen. An der Kreuzung da drüben ist eine kleine alte Karre einfach so in sie reingefahren – frontal. Wir sind nicht schnell genug darauf gekommen, dass das ein Überfall ist. Der Typ am Steuer hing zusammengesunken über dem Lenkrad. Zuerst sind wir ausgestiegen, dann Leon. Konnten ja angesichts des Verletzten nicht einfach weiterfahren. Da kam ein Transporter angerast. Drei Leute mit Maschinenpistolen sind rausgesprungen. Der Simulant aus der alten Karre ist auch ausgestiegen und hatte eine Knarre in der Hand. Einer hat in Leons Richtung gefeuert, der andere hat die Waffe auf Frau Martok gerichtet, der dritte hat auf uns geballert. Da sind wir nicht weiter vorgerückt. Das ging wahnsinnig schnell. Sie haben Frau Martok in den Transporter geschleift und Leon gezwungen, auch einzusteigen. Als Nächstes sind alle in den Transporter gesprungen und weg waren sie. Wir sind ins Auto und hinterher, aber da waren ein paar Fahrzeuge dazwischen und an der nächsten Ampel waren sie verschwunden. Ich habe die Polizei alarmiert, und Herr Berlinger hat Verstärkung geschickt. War aber sinnlos."

Herbert schleicht mehrfach über die Kreuzung, den Blick nach unten gerichtet. Ab und zu bückt er sich.

Berlinger erzählt weitere Details. „Die Autos waren geklaut und die Nummernschilder falsch. Der Transporter ist ein Mercedes Sprinter und gehört einer Wäscherei. Die hat ihn am Tag vorher als gestohlen gemeldet. Den alten Kleinwagen haben sie vermutlich am Abend vor dem Überfall gestohlen. Wir und die Polizei haben keine verwertbaren Spuren gefunden."

Sie fahren zu Evas Wohnung. Im Lift steht Herbert mit hängenden Schultern da, man sieht ihm die Anspannung an.

„Mir ist klar, wer das war. Ich brauche meine Zeit nicht mit Spurensuche zu vertrödeln, weil ich den Auftraggeber kenne", sagt er. „Das ist alles meine Schuld, denn ich Idiot habe Carlo neulich nicht erwischt. Wie das bei der Dröhnung passieren konnte, ist mir allerdings ein Rätsel."

„Wie bitte?", fragt Thomas völlig entgeistert. „Und das sagst du mir erst jetzt?"

„Ich weiß es auch erst seit gestern und wollte euch nicht unnötig beunruhigen, bevor ich nicht Näheres herausgekriegt habe. Das war dumm von mir. Habe die Kommunikation von zwei Mafiosi abgehört, die nicht groß was mit den Borgamettis zu tun haben. Die sagten, Carlo sei jetzt der Chef der *famiglia*. Carlo hat scheinbar kapiert, dass er nicht elektronisch kommunizieren darf, ohne dass ich was davon mitkriege."

Kapitel 37 — Ufolino

Carlo Borgametti sitzt im Haus seines Vaters auf der Terrasse. Genau dort, wo der Alte jahrelang gesessen hat. Sein Vater ist im Knast. Sie haben genug belastendes Material über ihn. Es ist jedoch fraglich, ob man ihn angesichts seiner Demenz überhaupt verurteilen wird. Auf jeden Fall wird er nie wieder arbeiten können. Carlo ist nun sein Nachfolger.

Papa hat ihm am letzten Tag alles erzählt. An dem Tag, an dem er noch klar denken konnte. So als ob er geahnt hätte, dass er einige Stunden später kaum noch wusste, wie er heißt. Er hat nach dem Angriff auf die IT von Dwellin von seinem Kollegen aus den USA einen Hinweis auf diese Typen aus Costanza bekommen. Die hatten es von der CIA. Und er war der Einzige, der nicht lange gefackelt hat und die beiden unverzüglich aus dem Weg räumen wollte. Das hat Carlo zwar nicht gefallen, weil er es dumm fand, aber Papa hat wenigstens was unternommen. Den alten Knackern fällt nichts anderes ein, als zu morden. Immer nur Morde. Das steckt tief drin in denen. Zum Kotzen. Und den jungen doofen *soldati* bringen sie bei, es auch noch zu filmen.

Dwellin hatte Detektive beauftragt. Die haben zuerst über Zweifel an der Identität von diesem Schweden berichtet, später aber Entwarnung gegeben. Das war komisch. Die aus Baden-Baden haben gar nichts herausgefunden. Idioten. Seit Tagen versucht er erfolglos, die zu erreichen. Den Schweden hat er eigenhändig erschossen, und der ist dann als Geist wieder aufgetaucht. Das ist doch alles ein Witz.

Als der Deutsche und der Schwede die Nummer mit dem Geist vorgeführt haben, da hat Papa sofort zwei Leute losgeschickt. Der Versuch, die zwei umzubringen, ist wieder gescheitert. Zwei unbekannte Ärzte sind im Krankenhaus bei den *soldati* gewesen. Seitdem können die sich an ihren Job nicht mehr erinnern. Völlig unbrauchbar.

Bei den beiden *soldati* hat man sich noch gewundert. Als es bei Papa passiert ist, schon weniger. Und in dieser Nacht hat es auch Ufolino-Sichtungen gegeben – ein kleines Ufo wurde in Trapani gesehen. In derselben Nacht, als Papa schwachsinnig wurde. Und dann noch mal, als seine eigenen Leibwächter urplötzlich ihren Verstand verloren, als er kurz unten im Keller eine Kiste Wein hochholte. Zufall?

Carlo hat einen solchen Hass auf diese beiden. Das einzig Gute ist, dass der Markt sich durch die ganzen Morde und Festnahmen bereinigt hat. Das gibt ihm jede Menge Gelegenheit, Geschäfte von anderen zu übernehmen.

Wenn das Außerirdische wären, die sich dem Kampf gegen sie verschrieben haben? Was wäre, wenn man die erledigen würde? Kämen dann neue? Er muss überlegen. Das ist die bisher größte Herausforderung seines Lebens. Er muss zeigen, was er draufhat und was er von Papa gelernt hat.

Traurig ist er nicht, dass der Alte weg ist. Zu ihm ist er immer nur hart und brutal gewesen. Als er älter wurde, hat es nachgelassen. Aber erst kürzlich hat er ihn wieder in aller Öffentlichkeit geohrfeigt.

Ein Kollege hatte ihm vor längerer Zeit geraten, sein Smartphone nicht mehr zu benutzen. Sie sollten sich wieder auf die guten alten Kommunikationswege besinnen. Alle, die am Telefon über die Sache gesprochen hätten, seien jetzt entweder tot oder schwachsinnig. *Cosa significa?* Was bedeutet das?

Als ob es nicht schon genug Probleme gegeben hätte, haben sie jetzt auch noch Schwierigkeiten mit den Waffen. Zwei *soldati* hätten einen Mann erschießen sollen, aber beide Revolver haben nur *klick* gemacht, dann ist ein weißes Wölkchen rausgekommen und die Läufe waren im Eimer. Der zu Erschießende hat sich beinahe totgelacht. Hätte er doch nur. So haben sie begonnen, ihn zu erwürgen. Das können sie wohl nicht so gut, denn er hat dabei gekotzt. Das hat sie so angewidert, dass sie auch kotzen mussten, und dabei ist er abgehauen. Andere haben den *pizzo* kassieren sollen, aber ein Restaurantbesitzer hat sie so lange mit dummen Sprüchen gereizt, bis sie in die Decke schießen wollten. Dabei ist dasselbe passiert, und der Wirt hat sie zusammen mit zwei Kellnern so vermöbelt, dass sie ins Krankenhaus gebracht werden mussten.

Sie haben noch Glück gehabt, denn zum Ende der Schlägerei sind die Köche mit Messern angerannt gekommen. *Addiopizzo,* die Antimafia-Bewegung, hat wieder Auftrieb bekommen.

Soweit Carlo weiß, hat die Polizei nichts Belastendes über ihn. Er hat nie Videos von seinen Morden zugelassen und sich nie klar am Telefon geäußert. Carlo ist immer sehr vorsichtig gewesen. Er hat sich gewundert, wie nachlässig andere gewesen sind. Carlo hat pingelig darauf geachtet, nicht die geringste Spur zu hinterlassen.

Er hat gegen den Willen seines Vaters auch studiert. Er ist Agraringenieur. Nein, doof ist Carlo nicht.

Und er hat beschlossen, die Sache für sich zu behalten. Er ist sich sicher, dass es außer ihm keinen mehr gibt, der über diesen Deutschen und den Schweden Bescheid weiß, nur die Idioten aus Baden-Baden vielleicht.

Immerhin ist die Entführung der Freundin des Schweden gelungen. So hat er jetzt etwas gegen ihn in der Hand. Er muss warten, bis sie in Sicherheit ist. Er war sogar so vorsichtig, sich nicht persönlich informieren zu lassen. Der Anführer der Truppe hat dessen Tante angerufen. Die hat Carlos Mama angerufen und ihr erzählt, sie habe einen Olivenölkuchen gebacken. Und er hat Mama nach der Tante von Alberto gefragt. Ja, man muss vorsichtig sein.

Der letzte Anschlag von Papa ist nicht so gut verlaufen. Er hat vier von den Leuten aus Baden-Baden losgeschickt – alles erfahrene Killer. In einem Fiat Ducato haben sie die Motorräder an den Lago di Costanza gebracht. Er wollte nicht, dass die Motorräder auf dem Weg dorthin von Kameras aufgenommen werden.

Ein Problem bei der Vorbereitung waren die Waffen. Sie haben bestimmt fünfzig Maschinenpistolen und Pistolen bei Tests verloren. Man wusste nie, ob die Patrone funktioniert oder nicht. Manchmal waren drei Stück in Ordnung und die vierte zerstörte die Waffe. Tagelang haben sie experimentiert. Dann hat Papa die rettende Idee gehabt. Im Keller seines Hauses haben noch einige Kisten mit alten Waffen und Munition gelegen. Natürlich gut versteckt. Eingemauert in den Neunzigerjahren. Das haben sie dann nach Deutschland gekarrt. Das Zeug funktionierte einwandfrei. Nur wollten sie die Munition nicht vergeuden, denn das war die letzte, auf die Verlass war. Sie haben tagelang die Gegend erkundet, bevor sie losschlugen. Sie wussten, wo dieser Typ langfährt, und sie wussten, dass der Schwede oft dabei ist.

Am Tag des Anschlags hat Papa die Erfolgsmeldung vom Lago di Costanza gegen Mittag erwartet. Gegen ein Uhr ist er nervös geworden. Kein Laut aus Germania.

Zwei Stunden später hat Carlo im Internet Informationen vom Bodensee gesucht. Und er ist tatsächlich fündig geworden. Er hat eine Online-Ausgabe der lokalen Zeitung, des *Südkurier,* gefunden. Auf einem Foto sah man ein am Boden liegendes Motorrad und einen Krankenwagen, aus dem hinten eine Bahre mit zwei Füßen in Lederstiefeln ragte. *Madonna.*

Von da an hat Carlo endgültig für die neue Art der Kommunikation gesorgt. Es wurde sowieso viel zu viel am *telefonino* geschwafelt. Das ist eine italienische Volkskrankheit. Er hat befohlen, dass nur in äußersten Notfällen telefoniert wurde. Es durften keine Videos gemacht werden. Wenn telefoniert wurde, dann nur mit altertümlichen Nokia-Handys mit Prepaid-Karten, die nach jedem Gespräch sofort weggeworfen wurden.

Kapitel 38 — Ducato

„Ich schau mir mal die Aufzeichnungen der Frankfurter Verkehrskameras an.“ Herbert schaltet Evas PC ein und hackt auf der Tastatur herum.

„Die haben die Stadt Richtung Norden verlassen. Kurz vor Kassel verliert sich ihre Spur. Jetzt muss ich da oben bei allen kleinen Käffern die Videos filzen.“

Nach einer Viertelstunde konzentrierten Arbeitens ruft er: „Bingo! Sie sind in einem Dorf in der Nähe von Kassel. Schau!“

„Haben sie kein Handy, das du orten kannst? Das wäre doch viel einfacher“, fragt Thomas.

„Eben nicht. Das ist ja so beunruhigend.“

„Oder ein Navi, das du irgendwie erreichen kannst?“

„Auch nicht. Dieser Carlo ist schlauer als die anderen. Er und seine Leute hinterlassen keinerlei digitale Spuren. Scheiße!“, brüllt er.

Er zeigt Thomas ein Video, auf dem ein weißer Mercedes-Sprinter in einem Dorf in eine Seitenstraße einbiegt.

„Da müssen wir hin“, sagt Herbert.

Zwei Stunden später parken sie da, wo sie den Transporter auf dem Video zum letzten Mal gesehen haben, und suchen die Seitenstraßen ab. Am Ende einer Sackgasse werden sie fündig.

Vor der Garage eines unscheinbaren älteren Hauses steht der Sprinter. „Vorsicht, Bewegungsmelder“, raunt Herbert, als sie die Einfahrt betreten.

Das Licht geht an. Nichts rührt sich.

„Die Mafia pennt“, stellt Thomas fest.

Kurz danach ist es wieder dunkel. Herbert trifft eine

Entscheidung.

„Die Gurke muss her."

Mit dem Auto fahren sie zu einem Waldparkplatz außerhalb des Ortes. Nach weniger als einer Minute ist die Gurke da. Herbert manövriert sie in die Nähe des Hauses in etwa hundert Meter Höhe. Jetzt kann man sie wunderbar sehen, aber das ist ihm offensichtlich völlig egal.

„Schau mal hier!" Herbert zeigt auf den Scanner. „In dem Haus befinden sich drei Personen. Eine im Erdgeschoss und zwei oben. Ich kann sie aber nicht per Gurke paralysieren."

„Wieso nicht?"

„Zumindest Leon könnte dabei sein.""

Sie landen im Garten. Diesmal lässt er das gonische Fluggerät einfach stehen. Sieht schon wild aus, wie das Teil in etwa einem Meter Höhe frei über den Tomatenstauden hängt.

„Hast du dein Armband?"

„Ja."

Herbert richtet seines auf den Bewegungsmelder. An dem brennt eine rote LED. Und schon ist sie ausgegangen. Sie gehen die kurze Außentreppe hoch. Herbert macht etwas an seinem Armband. Es summt, und die Tür springt auf.

Es riecht stark nach altem Haus. Im Flur sind drei Türen, eine davon ist geschlossen, die anderen stehen offen.

Herbert drückt die geschlossene Tür ganz vorsichtig auf. Es ist das Wohnzimmer. Auf einem Sofa liegt ein Mann und schnarcht. Herbert hält den Arm mit dem Band nach vorne gestreckt. Ein Ruck geht durch den Körper des Mannes.

„Nummer eins. Jetzt nach oben", flüstert Herbert.

Als er den Fuß auf die unterste Stufe setzt, knarzt diese laut. Er nimmt den Fuß wieder von der Stufe. Dann umfasst er Thomas. Sie schweben die Treppe hoch und landen oben sanft auf dem Boden.

„Pizza", flüstert Thomas.

In dem Moment wird eine Tür geöffnet und ein Mann in Unterhemd und Unterhose kommt heraus. Er schaut sie erschrocken an und versucht hektisch, an den altertümlichen Lichtschalter zu gelangen. Als er den Mund öffnen und nach Hilfe rufen will, fällt er um wie ein Sack.

„Da drin, noch einer."

Von draußen scheint etwas Licht in den Raum. Thomas sieht eine männliche Gestalt im Bett liegen, die sich gerade aufrappeln will. Er macht einen Satz auf ihn drauf und hält ihn mit aller Kraft fest.

Mit vereinten Kräften drehen sie ihn auf den Bauch und reißen seine Arme nach hinten. Der Mann schreit wie am Spieß. Herbert drückt ihm das Gesicht ins Kissen. Die Nachbarn wären überrascht, wenn sie, von dem Geschrei geweckt, aus dem Fenster schauen und die leicht hin und her pendelnde Gurke über den Tomatenstauden erblicken würden. Herbert hat ihn jetzt mit zwei Kabelbindern an den Hand- und Fußgelenken gefesselt. Einen Knebel gegen das Geschrei bekommt er auch, gefertigt aus einem Stück der Gardine.

Nachdem sie geprüft haben, ob die Fenster zu sind, befreien sie den Kerl wieder von dem Knebel.

„Gehörst du zu Carlo Borgametti?"

Der Mann auf dem Bett grinst nur höhnisch.

„Tommy, ich muss zugeben, dass ich anfangs etwas irritiert von deiner Methode mit den Eiern war, aber es war wirksam."

Herbert geht in die Küche und holt ein Kartoffel-Schälmesser. Thomas öffnet den Gürtel des Ganoven und beginnt, ihm die Hose herunterzuziehen. Beide streifen Gummihandschuhe über, die Herbert aus der Hosentasche zaubert. Nachdem sie seinen Schwanz freigelegt haben, grinst der Kerl nicht mehr.

Herbert lässt ihn wissen, was sie vorhaben. Offenbar macht das Eindruck, denn er beginnt zu singen. Thomas hat den Übersetzer in der Brusttasche.

„Ja, wir waren bei der Entführung dabei. Ich habe

den Transporter gefahren. Wir waren zu fünft. Carlo hat das Ganze organisiert. Die anderen zwei sind mit den Entführten auf dem Weg nach Sizilien. In einem Fiat Ducato."

„Wo genau wollen sie hin?", will Herbert wissen. Er hält das Messer hoch, damit der Mann ihn auch gut versteht.

„Ich weiß es nicht."

„Woher seid ihr?"

„Aus Trapani."

„Und warum seid ihr hier?"

„Das Haus gehört einem deutschen Mitglied der Familie. Wir sollten eine falsche Spur legen. Morgen fahren wir nach Hause."

„Und warum schlaft ihr, wenn ihr eine Spur gelegt habt? Normalerweise rechnet man doch dann mit Besuch."

„Der unten hätte Wache halten sollen. Ist wohl eingeschlafen."

„Welche Farbe hat der Ducato?", fragt Herbert.

„Weiß, Kastenwagen."

„Autonummer?"

„Falsch, Frankfurt, glaube ich."

„Auch das noch. Die sind fast alle weiß. Wir wecken noch einen auf und wiederholen die Befragung. So machen die Bullen das auch. Wer weiß, ob der uns nicht bloß Stuss erzählt, um uns in die Irre zu führen."

Zu ihrem Gesprächspartner gewandt sagt er: „Und du bist ganz sicher, dass die anderen nichts anderes erzählen?"

Der schüttelt nachdrücklich den Kopf.

„Vertrauen ist gut, Kontrolle ist besser", sagt Herbert nur.

Sie wecken den aus dem Wohnzimmer auf. Er erweist sich als wesentlich härtere Nuss. Die mögliche Rache der Mafia schreckt ihn offenbar mehr als der Verlust eines intakten

Reproduktionsapparates. Als Herbert das Messer etwas theatralischer schwingt und keinen Zweifel daran lässt, dass er Ernst machen wird, bestätigt er dann aber doch die Version des Ersten.

Herbert rechnet aus, wo der Ducato mit seiner Fracht sein könnte. Er ist jetzt seit rund neun Stunden unterwegs und würde nach Trapani über zwanzig Stunden brauchen.

„Sie könnten unterwegs eine Pause machen oder die beiden ganz woanders hinbringen. Das ist die Stecknadel im Heuhaufen. Sie könnten auch das Fahrzeug nochmals wechseln. Aber wir schauen trotzdem mal nach."

Nachdem sie wieder ein wenig Inhalt von sizilianischen Gehirnen dauerhaft gelöscht haben, holen sie die Gurke und positionieren sich irgendwo zwischen Mailand und Bologna. Herbert zapft die Verkehrskameras an und sie finden Hunderte von weißen Ducatos. Sie scannen so viele wie möglich, aber in keinem liegen hinten zwei Leute drin.

Irgendwann sagt Herbert, das Ganze sei ein Scheißspiel. In dem Moment wirkt er wirklich fertig.

„Die werden sie bestimmt nicht umbringen, denn sie ahnen, was du dann mit ihnen machst."

„Schön wäre es. Habe schon überlegt, ob wir an der Fähre Reggio Calabria nach Messina auf sie warten sollen. Aber wenn ich an ihrer Stelle wäre, würde ich mit einem Fischerboot rüberfahren, um mir aus dem Weg zu gehen."

„Hast du mal nachgesehen, ob auf Carlo ein Ducato zugelassen ist?"

„Habe ich. Weder auf ihn noch auf den Papa. In ihrem Umfeld schon.

Kapitel 39 — GPS

Carlo sitzt in einer Art Höhle, zwischen Trapani und Marsala am Meer gelegen. Während des zweiten großen Mafiakrieges hat sich die *famiglia* hier verkrochen.

Carlo ist mit den Nerven fertig. Die aus Baden-Baden haben sich immer noch nicht gemeldet. Er schüttelt den Kopf. In letzter Zeit schüttelt er ihn ziemlich oft. Der Nacken tut ihm schon weh.

Was zum Teufel ist das? Carlo prüft die Daten des Trackers. Auf sein Betreiben hin haben sie vor einem Jahr in alle Autos, die der *famiglia* gehören, Tracker einbauen lassen. Damit kann man das Fahrzeug jederzeit finden, wenn es verloren gegangen ist. Er sieht sich die Daten des letzten Standorts an. Der Tracker zeigt die Koordinaten von Baden-Baden an, aber eine Höhe von zwanzigtausendzweihundert Kilometern. Ein 3er BMW in dieser Höhe?

Carlo kratzt sich am Kopf. Ist das Ding etwa kaputt? Dann fällt ihm ein, dass er in seinem Studium gehört hat, die GPS-Satelliten befänden sich in genau dieser Höhe. Er denkt nach. Das hier geht nicht mit rechten Dingen zu. Die Theorie mit den Außerirdischen verfestigt sich bei ihm immer mehr. Haben die den BMW auf einen anderen Planeten gebeamt? Aber was wollen sie dort mit dem BMW?

Carlo, wenn du wüsstest, wie nah du an der Wahrheit bist!

Kapitel 40 — Gianna

Herbert weckt Thomas, der eingeschlafen ist.

„Tommy, du lässt mich jetzt nicht im Stich — oder?"

„Natürlich nicht."

„Danke. Das war alles so blöd von mir. Aber darüber sprechen wir später. Ich suche wie verrückt. Fehlanzeige. Nirgendwo eine Meldung über einen geklauten Ducato. Scheiße. Ich komme einfach nicht weiter. Wir müssen was anderes machen. Ich habe Kameras an der Fähre so manipuliert, dass ich bei jedem weißen Ducato benachrichtigt werde. Wenn ich jemanden verstecken wollte, würde ich das an einem Ort machen, an dem ich mich sehr gut auskenne. Auf keinen Fall woanders."

Thomas sieht ihn mit gerunzelter Stirn an. „Was genau willst du mir sagen?"

„Ein Beispiel: Ich verstecke jemanden am Mittwoch irgendwo in der freien Natur in einer Scheune, wo nichts los ist – OK?"

Thomas nickt und er fährt fort: „Weil ich mich in der Gegend nicht auskenne, könnte es ja sein, dass es an Sommerwochenenden ein beliebter Treffpunkt für Pärchen zum Knutschen und Bumsen ist."

Thomas nickt wieder und begreift, was Herbert meint. „Aha", sagt er. „Dann hast du am Freitag jede Menge Leute um dein Versteck versammelt und die Entführten brauchen nur noch um Hilfe zu rufen."

„Genau."

„Und deswegen meinst du, er würde sich ein Versteck auf ihm vertrauten Terrain suchen."

„Genau."

„Und daher konzentrieren wir uns

jetzt auf Trapani und Umgebung?"

„Genau."

„Kannst du eigentlich noch was anderes sagen als *genau*?"

„Genau."

Sie haben einen winzigen Teil ihres alten Humors wiedergefunden. Vermutlich durch die zart aufkeimende Hoffnung, ihrem Ziel, Eva und Leon zu retten, etwas näher gekommen zu sein.

„Wie wär's, wenn wir Carlo mit einer Gegenentführung unter Druck setzen?", schlägt Thomas vor. „Wir könnten mit seiner Freundin und seiner Schwester anfangen."

„Keine schlechte Idee, hätte von mir stammen können."

Nach ein paar Minuten sagt Herbert: „Seine Freundin finde ich nicht, aber die Schwester ist in ihrem Haus in Aosta. Interessant, dass eine Anwältin aus Sizilien in Aosta lebt. Noch weiter weg von ihrer Mafia-Familie geht es innerhalb von Italien nicht."

Sie schweben über dem Haus, in dem Gianna ihr Büro hat und auch wohnt. Es liegt etwas außerhalb des Ortes. Das Aostatal gehört zu Carlas und Thomas' Lieblingsgegenden in den Alpen, im Sommer wie im Winter.

„Sie ist da, schläft."

Und schon liegt sie vor ihnen auf dem Boden der Gurke, reißt die Augen auf, doch bevor sie etwas sagen kann, hat Herbert ihr das Armband vor die Stirn gehalten, und sie schlummert weiter.

„Die hat nachher keine Ahnung, wie sie zu uns gekommen ist."

Einen Augenblick später sind sie zurück in Konstanz, alle drei ins Haus gebeamt und die Gurke sorgsam eingebuddelt.

Gianna ist ziemlich dunkelhäutig, etwa eins siebzig groß, hat schwarze kurze Locken und ist auf eine burschikose Art attraktiv. Sie muss etwa Mitte dreißig sein.

Herbert legt ihr Kabelbinder an und weckt sie auf.

Der Übersetzungscomputer leistet Thomas wieder einmal gute Dienste, aber er überlegt, vielleicht doch mal einen Italienischkurs zu besuchen.

Gianna starrt sie mit weit aufgerissenen Augen an.

„Wer seid ihr?"

Herbert stellt sie beide vor und erklärt ihr, dass ihr Bruder seine Freundin und einen Privatdetektiv entführt habe. Sie zeigt sich nicht wirklich überrascht.

„Ich weiß. Er glaubt, ihr hättet überirdische Kräfte. Hat Mordsschiss vor euch." Sie betrachtet die Kabelbinder. „Keine Sorge, ich haue nicht ab. Mir stinkt diese ganze Cosa-Nostra-Scheiße genauso wie euch. Dauernd werden ich in diesen Dreck mit reingezogen.

Wollt ihr mich jetzt gegen die beiden Geiseln austauschen?"

„Wollen wir uns ganz freundschaftlich darüber unterhalten?", fragt Herbert zurück.

Sie nickt.

„Und du versuchst nicht, abzuhauen?"

„Ja."

Herbert nimmt ihr die Fesseln ab, sie gehen in die Küche und machen ein anständiges Frühstück.

„Wo bin ich eigentlich hier?"

„In Konstanz am Bodensee."

„Und wie komme ich in so kurzer Zeit nach Deutschland?"

„Wir haben ein Flugzeug."

„Habe aber keine Flugzeuggeräusche gehört."

„Du hast geschlafen.“

„Ein bisschen komisch seid ihr schon.“

Gianna betont mehrmals, dass sie überhaupt nichts mit der ganzen Mafia-Chose zu tun haben wolle. Aber natürlich kapiere sie, dass sie Eva und Leon wiederhaben wollten.

Herbert fragt, ob die beiden noch am Leben seien.

„Keine Ahnung. Aber ich kann mir nicht vorstellen, dass Carlo Geiseln umbringt. Er ist nicht so schlimm wie die anderen.“

„Welche anderen?“

„Mein Vater zum Beispiel.“

Herbert fällt zumindest mal ein kleiner Stein vom Herzen.

„Ich bin wegen meiner Haltung zur Cosa Nostra bei meinem Vater in Ungnade gefallen. Den Geiseln geht es sicher gut.“

„Was meinst du, was dein Bruder von uns will?“

„Das weiß ich nicht.“

„Gianna, wir würden dich ja am liebsten laufen lassen, aber das geht nicht.“

Sie nickt. „Carlo hat gesagt, ihr seid Außerirdische. Stimmt das?“

„Schau uns an, Gianna. Sehen so kleine grüne Männchen aus?“

Sie lachen.

Widerwillig muss Thomas zugeben, dass sie sich gut mit ihr verstehen. Sie gibt jede Menge Informationen aus Gesprächen mit Carlo preis. Die Geschäfte der Cosa Nostra laufen schlecht. Der *pizzo* geht fast gar nicht mehr, da sie nie wissen, ob ihre Knarren überhaupt noch Kugeln ausspucken. Der Drogenhandel liegt darnieder, weil die Süchtigen den quasi unbewaffneten Dealern das Zeug einfach wegnehmen. Und Waffen kann man überhaupt nicht mehr verkaufen, weil jeder weiß, dass sie sowieso nicht funktionieren. Dazu seien noch diese ganzen Videos und die Informationen aufgetaucht. Die *Vendetta*-Morde und die Verhaftungen haben ihnen den Rest gegeben.

„Dann verstehe ich umso weniger, warum er nicht aufhört und stattdessen auch noch eine Entführung hinlegt. Dafür alleine geht er zehn oder fünfzehn Jahre in den Knast", wirft Thomas ein.

Sie versteht das auch nicht.

„Gianna, hast du eine Ahnung, wo er Eva und Leon versteckt hat?"

Nein, hat sie nicht. Die seien aber ganz sicher in Sizilien.

„Gianna, könntest du mit ihm sprechen", fragt Thomas.

„Kann ich schon. Das Problem ist nur, dass ihr dadurch eure Verhandlungsposition schwächt."

„Wie das?"

„Ihr wisst noch nicht mal, ob eure Entführten noch leben, und ihr lasst mich mit ihm ganz frei sprechen. Mafiosi haben viel Erfahrung in Entführungen."

Es ist zum Kotzen, auf welche Ebene man sich mit solchen Leuten begeben muss.

„Am besten wartet ihr ab. Irgendwann muss er sich ja melden. Ich bleibe freiwillig hier, aber ich kann euch nicht versprechen, dass euch das hilft."

Plötzlich schießt Gianna aus ihrem Sessel hoch.

„Moment mal, ich habe eine Idee!"

„Los, sag schon", drängt Herbert.

„Während der Mafiakriege hat sich die Familie in irgendwelchen Verstecken verkrochen. Das Land, auf dem sich diese Schlupfwinkel befinden, gehört natürlich der Familie. Habt ihr mal im Liegenschaftsregister nachgeschaut?"

„Nein, aber das werde ich gleich machen", antwortet

Herbert.

„Da müsst ihr suchen."

„Geht klar."

„Es ist in Italien etwas unorganisiert. Manche Grundstücke sind nicht im Liegenschaftsregister verzeichnet. Oder zumindest nicht digitalisiert. Da müssen die Mitarbeiter im Keller in alten Akten wühlen. Das dauert Monate, wenn ihr überhaupt eine Antwort bekommt. Ihr könntet aber auch in Papas Haus suchen. Ich nehme an, dass Carlo sich versteckt hat. Mama ist bei ihrer Cousine. Ich würde euch empfehlen, auch das Haus von Carlo zu durchsuchen, wenn ihr euch das traut. Vielleicht findet ihr ja entsprechende Dokumente."

„Danke für diesen Hinweis, Gianna. Wir werden nachher verschwinden. Du kannst dich frei bewegen. Aber es wäre nett, wenn du hierbleiben würdest, damit wir Carlo den Tausch anbieten können. Dann hätten wir wenigstens etwas in der Hand."

Herbert setzt sich an den PC und filzt Behördencomputer auf Sizilien. Er sucht mehrere Stunden lang und findet nichts. Als es dunkel wird, sagt er: „Also auf zum Papa. Die Entführer sind vermutlich jetzt kurz vor Sizilien oder schon angekommen."

Mit der Gurke fliegen die beiden in Windeseile zu Luigis Haus. Herbert kennt die Terrasse ja schon. Er scannt das Haus.

„Keiner da."

Also landen sie und gehen zu dem feudalen Anwesen.

Herbert öffnet die Tür mit dem Armband.

In Luigis Arbeitszimmer werden sie nicht fündig, obwohl sie in jede Schublade schauen. Und auch im Obergeschoss Fehlanzeige.

Im Keller gibt es einen Heizungsraum, eine große Waschküche und drei Abstellräume. Einer davon steht voller Kartons, die sie notgedrungen alle durchsuchen müssen. Mehrere Kartons beinhalten Spielsachen, ausgediente

Haushaltsgeräte und ähnliches Zeug. Es ist erstaunlich, was die Menschheit so alles an Unsinn in ihren Kellern bunkert. Thomas' Karton Nummer vier ist randvoll mit Papier. Kontoauszüge, Rechnungen, Korrespondenz. Für den braucht er über eine Stunde. Sieht sich die Kontoauszüge an, könnte ja was dabei sein.

Herbert ist schon bei Nummer sechs. Auch voll mit Papier. Noch vier weitere und sie sind durch. Nichts, was sie weiterbringen würde.

„So", sagt Herbert, „ich glaube, das war es hier." Dann schlägt er sich wieder einmal mit der Hand gegen die Stirn. „Wir Dilettanten! Der Typ hat doch garantiert einen Safe." Herbert rennt zurück ins Arbeitszimmer und nimmt sämtliche Bilder von der Wand. Nichts. Vor einem Regal stoppt er.

„Schau, hier."

Da ist an der Rückwand eine feine Linie zu erkennen. Geschickt gemacht. Man kann einen Teil des Regals nach vorn aufklappen und dahinter ist er, der Safe. Dank des Armbands springt die Tür sofort auf. Sie filzen den Inhalt und stoßen auf Dokumente über verschiedene Grundstücke. Herbert packt sie ein.

„Die Grundstücke schauen wir uns an."

Ein Notebook liegt auch im Safe. „Ich übertrage fix ein paar interessante Dateien auf mein Handy."

Bündelweise Bargeld liegt da auch rum. Herbert greift sich zwei Bündel.

„Falls wir mal was brauchen."

Thomas entdeckt Luigis Testament. Der Alte wird Gianna die Hälfte seines Vermögens vermachen. Aha, doch nicht so in Ungnade gefallen.

„Das wird Carlo nicht geschmeckt haben, falls er es überhaupt weiß", sagt Thomas.

Sie nehmen die Gurke und fliegen zu Carlos Haus. Ist nur ein paar Kilometer entfernt.

Herbert landet die Gurke hundert Meter entfernt auf

einer Wiese, nachdem er es auf anwesende Bewohner oder Gäste gescannt hat. Das Haus ist ähnlich einsam gelegen wie das von Luigi.

Es läuft alles wie beim Papa. Das Haus ist wesentlich kleiner. Statt acht großen Zimmern sind es hier nur fünf. Die Juniorausführung eben.

Am Ende haben sie drei Kartons vor sich stehen und den Inhalt des Safes. Sie wühlen.

„Schau mal. Das sieht aus wie eine Liste von Liegenschaften. Könnten das nicht die Verstecke sein?"

„Zeig her." Herbert sieht sie durch. „Das ist gut. Sieh mal, die hier kennen wir doch. Aber die hier nicht." Herbert nimmt das Blatt. „Die werden wir alle abklappern, solange es noch dunkel ist. Wenn wir Glück haben, müssen wir also nicht in den muffigen Kellern von irgendwelchen Ämtern kramen und haben jede Menge Zeit gewonnen."

Kapitel 41 — Schlamperei

Nach einer Stunde haben sie acht der als Verstecke bezeichneten Adressen geschafft und kein einziges Lebewesen angetroffen. Am neunten scheuchen sie ein paar Ziegen auf. Am zehnten entdeckten sie zwei menschliche Körper. Sie landen etwas entfernt und wecken zwei Hirten. Am elften ist nichts, am zwölften auch nicht. Am dreizehnten zeigt der Scanner zwei Körper in einem alten Gemäuer an. Sie gehen runter.

Langsam schleichen sie sich an, die Arme mit den Bändern wehrhaft vorgereckt. Der Boden ist teilweise mit Büschen und Gestrüpp bedeckt, der Mond spendet ziemlich viel Licht. Sie laufen auf das alte, einstöckige Gemäuer zu. Der Scanner hat angezeigt, dass das Haus ungefähr quadratisch ist und eine Grundfläche von etwa einhundertfünfzig Quadratmetern besitzt. Vorn ist eine große Tür. Dahinter liegen innen die zwei Körper. Als sie näher kommen, geht die Beleuchtung an.

„Ungewöhnlich, Bewegungsmelder an so einem verlassenen Ort“, zischt Herbert.

Von der Tür kommt ein Geräusch. Eine quadratische Klappe aus Metall schwingt in der Tür auf. In dem Moment geht die Beleuchtung aus. Jemand hält eine Taschenlampe aus der Klappe raus und schwenkt sie hin und her. Sie treten neben die Tür und ducken sich. Nach einer Weile wird die Tür von innen geöffnet. Ein Mann mit einer Pistole in der Hand kommt heraus und fällt um. Hinter ihm kommt noch einer mit einer Knarre und auch der sackt zu Boden. Herbert tritt ein, macht das Licht an. Die Wände sind aus groben Bruchsteinen, die Decke ist aus Beton. An der hinteren Wand befindet sich eine Tür.

In der Mitte des Raums steht ein großer Tisch und an den Wänden stehen mehrere Betten.

Herbert weckt einen der Männer auf. Der sieht ihn angstvoll an.

„Wer bist du?“, fragte Herbert.

Er sagt, er heiße Francesco Matti.

„Und wer ist der andere?“

„Mein Bruder Salvatore.“

„Was tut ihr hier?“

„Wir sollen auf zwei Geiseln warten. Es ist aber nicht sicher, dass sie hierher kommen.“

„Wann wollten sie hier sein?“

Der Mann sieht auf seine Armbanduhr. „Vor vier Stunden.“

Herbert schickt ihn wieder schlafen. Frisiert sein Handy so, dass er über das, was hier denn so passiert, auf dem Laufenden gehalten wird.

„Tommy, in Konstanz ist was passiert.“

„Was?“

„Weiss ich nicht, aber nichts gutes, wir schauen nach.“

Sie fliegen schnell nach Konstanz zurück.

Dort wartet eine üble Überraschung auf sie. Die Haustür steht einen Spalt offen. Vorsichtig betreten sie das Haus.

Gianna ist weg.

„Tommy, ich glaube nicht, dass sie getürmt ist. Sie hätte die Tür hinter sich zugemacht. Für mich sieht das nach Mafia-Schlamperei aus. Ich schätze, Carlo hat sie entführt.“

Thomas nickt. „Sehe ich auch so. Und jetzt?“

„Mein Gehirn funktioniert nicht mehr. Wir sind jetzt seit achtundvierzig Stunden auf den Beinen. Ich brauche dringend eine Mütze Schlaf.“

Kapitel 42 — Tragedia

Carlo sitzt auf der Wiese vor seinem Versteck auf einem Campingstuhl. Schaut aufs Meer und denkt nach. Er denkt schon seit Tagen nach. Was soll er tun? Er hat Probleme, sich zu konzentrieren.

Vor allem braucht er Munition. Die könnte er garantiert von dem Schweden bekommen, im Austausch mit den Geiseln. Wenn er die Geiseln freilassen würde, kämen die aber hinterher mit dem *ufolino* und würden ihn dement machen. Also ist er gezwungen, die Geiseln zu behalten. Das geht, aber dann würden sie weiterhin nach ihm suchen. Solange sie ihn suchen, könnte er sich nicht mehr frei bewegen, höchstens von Versteck zu Versteck. Das ist doch kein Leben!

Seine Leute holen gerade Gianna. Die werden noch etwa acht Stunden brauchen, bis sie hier sind. Aber mit der braucht er nicht zu sprechen. Feurig würde sie ihm an die Gurgel gehen und ihn beknien, sein Mafia-Dasein zu beenden.

Was würden die mit ihm machen, wenn er aufgäbe? Vermutlich dasselbe wie mit Papa. Wie er es auch dreht und wendet, ihm bleibt nur die Wahl zwischen zwei Katastrophen. Wie in der klassischen griechischen Tragödie. Er hat aber keine Lust auf eine tragische Rolle.

Carlo raucht noch eine Zigarette und geht dann rein. Er muss dringend schlafen, er ist seit dreißig Stunden wach. Vielleicht kann er danach klarer denken, vielleicht fällt ihm dann etwas ein.

Kapitel 43 — Terminal

Thomas wacht von einem Geräusch auf. Meist weiß er sofort, was los ist und was er zu tun hat. Sozusagen verzögerungsfrei. An diesem Morgen ist es anders. Das ist vermutlich ein Ergebnis des Schlafmangels. Erst langsam wird ihm bewusst, was in den letzten Tagen alles passiert ist. Und dann fällt ihm wieder ein, dass Herbert gesagt hat, sie sollten sich ausschlafen. Er hat das erstaunlich gefunden, aber nichts gesagt. In so einer Situation treibt man sich ja normalerweise eher über den Rand der Erschöpfung hinaus, als einzusehen, dass man ausgeschlafen besser funktioniert.

Er sieht auf seinem Handy nach der Uhrzeit. Es ist elf Uhr, also haben sie fünf Stunden geschlafen. Immerhin.

Ihm wird klar, was das eben für ein Geräusch gewesen ist, der Whatsapp-Ton von Herberts Handy. So ein Sphärenklang. Tönt irgendwie außerirdisch. Er steht auf und geht auf den Flur. Sie hausen wie in einer Männer-Wohngemeinschaft. Es sieht auch entsprechend aus. Aber sie haben was Besseres zu tun als aufzuräumen. Herbert kommt aus dem Gästezimmer.

Das Handy liegt auf dem Esstisch. Er schnappt es und sie setzen sich. Zwei müffelnde Männer in mittleren Jahren. Herbert eher unterhalb der Mitte des Lebens und Thomas darüber.

Herbert schaut auf das Handy. „Nein!“, schreit er markerschütternd.

Thomas springt hoch und starrt auf das Display. Da ist so ein kleiner Abschleppwagen zu sehen, auf den ein Auto drauf passt, und auf dem steht ein weißer völlig demolierter Ducato. Das Foto ist von schräg hinten aufgenommen und zeigt ein unleserliches verbogenes Kennzeichen mit einem *F* vorne.

Der Ducato ist seitlich aufgeschlitzt, es hängt jede Menge Dreck dran und das Blech ist überall verkratzt. Vorne ist er nur noch halb so hoch wie ursprünglich und hinten fehlt die linke Seite fast ganz.

Herbert springt auf, zieht sich an. Geht ins Bad und schüttet sich kaltes Wasser ins Gesicht.

Herbert stiefelt mit Riesenschritten in den Wald, Thomas kann kaum mit ihm Schritt halten, die Gurke hat sich schon ausgebuddelt. Sie springen rein und ab geht‘s.

Herbert landet direkt auf der Betonfläche des Fährterminals in Reggio Calabria. Nach einer Minute stehen etwa hundert Leute da, gaffen sie an und machen Fotos und Videos. Herbert marschiert strammen Schrittes auf das Terminal zu, wo das Foto des Abschleppwagens vor einer halben Stunde entstanden ist.

Er spricht einen Mann an, der den Kopf schüttelt. Thomas sieht sich um. Er steht mit dem Rücken zur Gurke. Aus der Richtung kommt so ein Druck, wie ein kurzer Windstoß. Da ist wieder diese gelb-orange Halbkugel. Aha, Herbert will die Handy-Aufnahmen der Gaffer wohl doch nicht. Hoffentlich sind nur die gelöscht worden …

Herbert geht zum Terminalgebäude. Nach ein paar Minuten kommt er wieder raus. Er marschiert zur Gurke, Thomas eilt hinterher. Sie düsen ab Richtung Messina.

„Die verdammte Aufnahme ist vier Stunden alt. Die haben keine Ahnung, was da passiert ist, aber der Abschlepper ist nach Sizilien rüber.“

Sie sind mit der Gurke in ein paar Kilometern Höhe. Herbert sucht wie verrückt. Aber es dauert.

„Ich habe etwas. Auf der A 20 Messina-Palermo bei Cefalu.“

Kapitel 44 — Ambulanza

Carlo fährt aus dem Schlaf hoch. Durch die offene Tür hört er ein Auto kommen. Er schaut auf die Uhr. Immerhin hat er sechs Stunden geschlafen.

Das sind die zwei, die seine Schwester holen sollten. Ihre Sekretärin hatte bei Mama angerufen und gesagt, Gianna sei verschwunden. Mama hat ihn alarmiert. Ihm war sofort klar, dass der Schwede sie entführt hat.

Er sieht nur die zwei Männer in dem Auto. Es hält genau vor ihm an. Da bemerkt er, dass auf der Rückbank noch jemand liegt. Die beiden steigen aus. Der Fahrer hat eine blutige Spur auf der rechten Wange, der andere humpelt. Sie ziehen Gianna raus. In Handschellen. An den Füßen ist sie mit einem Kabelbinder gefesselt, schimpft wie ein Rohrspatz. Erinnerungen kommen in ihm hoch. Er mit acht Jahren, sie mit vier. Da war es genauso gewesen. Er war natürlich stärker, aber sie hat sich noch in der aussichtslosesten Situation mit Händen und Füßen gewehrt. Gebissen und gekratzt. Er hat damals Angst vor ihr gehabt, vor einer Vierjährigen. Sie stellen sie auf die Füße und knipsen den Kabelbinder an den Beinen durch.

Sie baut sich vor ihm auf.

„Du verdammter Idiot!“

„Freut mich auch, dich zu sehen.“

„Ich muss mal“, mault Gianna.

„Da drin.“ Carlo zeigt auf das Innere des Verstecks. Er nimmt ihr die Handschellen ab.

„OK, Jungs, ihr könnt jetzt gehen. Schlaft euch erst mal aus.“

Gianna kommt wieder raus. Sie holt sich einen Campingstuhl von drinnen, draussen steht schon einer. Sie setzen sich.

„Ach, Carlo.“

„Gianna, ich weiß nicht, was ich tun soll."

„Das ist klar. Hör auf dein Herz, deinen Bauch, mach das Richtige. Entführungen sind nicht das Richtige. Zehn Jahre Knast sind nicht das Richtige."

„Wir brauchen Munition."

„Aha, und dann?"

„Dann sind wir die Einzigen, die funktionsfähige Waffen besitzen, die Chefs der ganzen Cosa Nostra."

„Du willst den Schweden zwingen, dir funktionierende Patronen zu liefern?"

„Genau."

„Und wenn die aufgebraucht sind?"

Er zuckt die Achseln.

„Eben. Carlo, du bist ein Geisterfahrer, vollkommen auf der falschen Spur. Glaubst du, dass einer, der über eine Mauer schweben kann und mich in ein paar Minuten von Aosta nach Costanza bringt, auf sich alleine gestellt ist? Das ist wie bei den Indianern im Wilden Westen. Sie haben die Weißen umgebracht, aber es sind immer mehr von denen gekommen. Es gibt nur einen Unterschied zwischen euch und den Indianern."

Er sieht sie fragend an.

„Ihr seid die Bösen."

„Wenn er mir Patronen liefert und ich die Geiseln laufen lasse, bin ich erledigt."

„Ja."

„Wenn ich die Geiseln behalte, dann muss ich mich verstecken."

„Ja."

„Wie komme ich da raus?"

„Du gibst auf."

„Kann ich nicht."

„Carlo, wenn das mit der Entführung bekannt wird, gehst du zehn Jahre in den Knast. Deine einzige Chance ist, jetzt aufzugeben und was Vernünftiges zu machen. Ihr habt so viel Grundbesitz. Du hast Landwirtschaft studiert. Unser Uropa war Bauer. Du kannst Wein anbauen. Das ist ein schöner Beruf."

Carlo springt auf.

„Aber das ist Verrat. Verrat an Papa."

Sie schaut ihn verächtlich an. „Du hast immer nur um seine Zuneigung gebuhlt. Du hast gespürt, dass ihm meine Aktivität und Eigensinnigkeit gefällt, auch wenn mich dieses Scheusal dauernd verprügelt hat. Und du hast immer nur getan, was dem *Capo* gefällt, weil du eifersüchtig warst. Und aus genau dieser Eifersucht heraus willst du jetzt dein ganzes Leben für einen dementen alten Mann ruinieren? Der wird es nicht mehr mitbekommen. Er ist nicht mehr in unserer Welt. Kapier es, du hast verloren."

Carlo steht auf, stellt sich vor sie hin. „Du dumme kleine …"

Sie erhebt sich auch. „Hör endlich mit dem Mist auf. Ich hab dich lieb, du Arschloch. Und Federica auch. Wo sind die Geiseln?"

„Kann ich nicht sagen."

„Hast du sie umgebracht? Bist du deshalb so verzweifelt?"

„Ach was, Giuseppe passt auf sie auf. Und Massimo."

Er gibt ihr einen Stoß vor die Brust.

Sie gibt ihm auch einen.

Damit hat er nicht gerechnet. Er stolpert zwei Schritte rückwärts gegen den Campingstuhl, stürzt nach hinten und schlägt mit dem Kopf heftig gegen die Steinmauer, rutscht auf den Boden runter. Ist offenbar bewusstlos. Sie beugt sich entsetzt zu ihm runter. Sie fühlt den Puls. Der ist gut. Sie betastet seinen Kopf an der Stelle, wo er gegen die Mauer geknallt ist. Man sieht eine Schürfwunde. Er atmet ruhig und regelmäßig. Kein Blut in Nase, Ohren oder Augen. Nur bewusstlos.

Gianna überlegt. Sie greift in seine Hosentasche und zieht das Uralt-Handy heraus. Wunderbar, braucht kein Passwort. Sie öffnet das Telefonbuch, beginnt zu scrollen. Sie kennt Massimo. Er lebt auf Favignana, einer der ägadischen Inseln vor Sizilien. Genau, dort haben sie auch ein Versteck.

Massimo, da ist er. Sie klickt auf den Eintrag. Hofft, dass er rangeht.

„*Pronto.*“

„Massimo, hier ist Gianna. Ein Notfall. Carlo ist bewusstlos. Du musst sofort die Geiseln freilassen. Ihr seid in Favignana, in dem Versteck dort?“

„*Si.*“

„Lass sie laufen, gib ihnen ein Handy und sag ihnen, sie sollen sofort Kontakt mit diesem Schweden aufnehmen. Und dann sollen sie mich anrufen. Gib ihnen meine Nummer. Ich kenne den Schweden. Sonst kommen wir alle ins Gefängnis oder werden dement.“

„Mach ich, Gianna.“

Davor haben sie am meisten Angst, Demenz mit Anfang dreißig. Sie legt auf. Hoffentlich spurt er.

Gianna hat ein schlechtes Gewissen. Sie liebt Carlo wirklich. Für sie war er immer ihr kleiner Bruder, obwohl er der große war. Sie ruft die Ambulanz an. Die versprechen, einen Notarzt zu schicken, es werde aber etwas dauern. Sein Atem ist ruhig und gleichmäßig. Sieht gut aus.

Kapitel 45 — Andiamo

Auf der A20 Richtung Palermo ist kurz vor der Ausfahrt Cefalu ein Abschleppwagen unterwegs. Hinten drauf hat er eine Menge Fiat-Schrott. Der Fahrer heißt Mattia Orlando.

Einen halben Kilometer vor der Ausfahrt beginnt der Motor zu stottern. Mattia flucht. Er geht vom Gas, die Drehzahl sinkt, und das Stottern hört auf. Er hofft, jetzt ginge die Karre wieder, gibt sanft Gas, doch das Stottern ist wieder da. So ist das, Vergaser und solche Sachen gibt es schon lange nicht mehr, aber die Menschheit glaubt immer noch, man könne ein Handy durch pures Schütteln dazu überreden, wieder seinen Dienst zu tun oder einen elektronisch gesteuerten Automotor durch Streicheln des Gaspedals dazu bringen, wieder rundzulaufen. Das Stottern wird sogar schlimmer. Die kaputte Karre hinten drauf gerät durch das Bockeln langsam in Schwingungen. Mattia kapituliert. Er nimmt die Ausfahrt. Auf einer freien Fläche hinter einem Industriegebäude gibt der Motor endgültig den Geist auf. Mattia steigt aus und verdreht die Augen zum Himmel.

Da sinkt ein dunkles, rund acht Meter langes Objekt neben ihm zu Boden. Blitzschnell geht eine Klappe auf und ein Mann kommt raus.

„Willst du, dass dein Abschleppwagen sofort wieder funktioniert?"

Mattia sieht ihn verblüfft an und nickt.

„Erzähl mir, was mit dem Ducato passiert ist."

„Der hatte vor vier Wochen einen Unfall in …"

„Herbert, dein Handy", ruft ein anderer Mann, der in der Tür des Fluggeräts aufgetaucht ist.

„Moment."

Mattia sieht, wie der Mann das Telefon schnappt und plötzlich strahlt. Er spricht.

Dann wendet er sich wieder Mattia zu. Er greift in

seine Tasche und reicht ihm ein dickes Bündel Hunderter. Er umarmt Mattia und küsst ihn.

„Dein Motor geht wieder. Andiamo."

Er zieht sich in das Objekt zurück, die Klappe schließt sich und das Ding schießt wie wahnsinnig in den Himmel. Mattia sieht ihm nach, schüttelt den Kopf. Er steigt in den Abschleppwagen, zählt die Hunderter, schüttelt wieder den Kopf und startet den Motor. Der läuft einwandfrei. Er gibt mehr Gas. Kein Stottern. Er fährt wieder auf die Autobahn und pfeift dabei ein Lied. Eine alte Weise aus Sizilien.

Kapitel 46 — Dickschädel

Der Notarzt ist da. Kurz vor seinem Eintreffen ist Carlo aufgewacht. Der Arzt hat ihn eingehend untersucht. Er gibt Entwarnung. Nichts Gravierendes. Nur eine leichte Gehirnerschütterung.

Gianna kennt den Arzt. Der sieht sie an und sagt: „Dicke Schädel habt ihr Borgamettis ja schon."

Er gibt noch ein paar Anweisungen und verschwindet wieder. Gianna hilft Carlo in seinen Campingstuhl. Sie beugt sich zu ihm runter, umarmt ihn. Das Handy in ihrer Tasche läutet. Gianna geht ein paar Meter zur Seite.

„Hallo?" Sie hört eine Weile stumm zu, bevor sie sagt: „Könntest du darauf verzichten? Ich bitte dich inständig darum. Er ist nicht wirklich böse. Bitte, tu mir den Gefallen. Mir zuliebe." Sie redet noch ein paar Minuten länger auf den Anrufer ein, bevor sie ein Treffen mit ihm vereinbart und das Gespräch beendet ist.

Carlo ist in der Zwischenzeit zu sich gekommen.

„Mit wem hast du telefoniert?"

„Carlo, deine Geiseln sind frei. Der Schwede hat mir versprochen, dich laufen zu lassen. Nimm dir Geld und mach was Vernünftiges. Ich glaube, ich werde auch wieder nach Sizilien ziehen. Ich war nur in Aosta, weil ich möglichst weit weg sein wollte von der Cosa Nostra. Aber die gibt es jetzt nicht mehr. Oder zumindest nicht mehr in den bisherigen Dimensionen. Zum Glück für uns alle."

Kapitel 47 — Bissi

„Das war Gianna. Sie hat mir das Versprechen abgenommen, Carlo nicht anzuzeigen."

„Mann, das ist ganz schön viel verlangt", meint Leon. „Also mir persönlich wäre es ja egal, die Leute waren nett zu uns, haben uns nicht verhört, nicht gefoltert. Das Essen war sehr gut und sie haben uns sogar Wein gegeben. Roten und weißen. Fast wie im Restaurant. Aber schön war es trotzdem nicht, in deren Gewalt zu sein und ständig damit zu rechnen, liquidiert zu werden."

Eva zeigt sich weniger gelassen angesichts von Herberts Gutmenschentum. „Allerdings. Es waren die schrecklichsten Stunden meines Lebens. Wie hat sie dich denn umgestimmt?"

„Sinngemäß sagt sie, ihr Bruder sei lediglich ein fehlgeleitetes Arschloch, er habe nur die Befehle von Papa ausgeführt, um ihm zu gefallen. Mag sein, dass sie recht hat. Aber ich lasse ihn nur ihr zuliebe in Ruhe. Gianna ist es schließlich, die euch gerettet hat."

Sie sitzen vor dem Versteck in Favignana auf der Klappe der Gurke. Das Raumschiff pendelt leicht hin und her. Blick aufs Meer, das Wetter ist schön.

„Stimmt", sagt Eva, ist aber noch immer nicht ganz überzeugt. „Kann man ihm nicht wenigstens einen Denkzettel verpassen?"

„Das müssen wir ja nicht jetzt entscheiden", meint Thomas, um einen Streit zwischen den beiden zu verhindern. „Jetzt feiern wir erst mal!"

Herbert beamt aus einem nahegelegenen Restaurant ein paar Flaschen kalten Prosecco her. Später machen sie einen Strandspaziergang. Eva und Herbert lassen sich ein wenig zurückfallen.

„Eva, ich muss mich für meine Dämlichkeit

entschuldigen. Aber jetzt ist alles wieder gut, oder?"

Sie sagt nichts.

„Eva, du bist so komisch!"

„Ja."

„Oje!"

„Herbert, ich liebe dich wirklich, aber die Sache hat mich ziemlich geschlaucht. Wer weiß, was als Nächstes passiert. Wenn du einen Abenteurerin brauchst, dann bin ich vermutlich die verkehrte Frau für dich, auch wenn ich rasend gerne die richtige wäre. Ganz ehrlich, ich bin mir nicht sicher, ob wir beide eine Zukunft haben. Ich muss in nächster Zeit mal ein bisschen alleine sein."

Eva ist gebürtige Bad Homburgerin und hat einen winzigen Rest-Hessenakzent. Wenn sie *bisschen* sagt, klingt das wie *bissi.* Herbert könnte sie jedesmal abschlecken, wenn sie das tut.

Jetzt sammeln sich Tränen in seinen Augen. Er will was sagen, aber es fällt ihm nichts ein. Klappe halten ist schwer. Unsinn reden ist Mist. Er entscheidet sich für Ersteres, während sie wieder zu Thomas und Leon aufschließen.

Epilog (von Thomas)

19. Juli: In den nächsten zwei Wochen wohnt Herbert mehr oder weniger bei uns. Er heult sich aus. Vor allem bei Carla. Tja, Liebeskummer. Schlimm. Er leidet wie ein Hund. Er versteht Evas Argumentation sehr gut. Aber er kann auch sein Verhalten begründen.

„Wir aus Goni sind nicht so sehr um unsere Gesundheit besorgt wie Menschen von der Erde. Wir haben ja auch mehrere Leben und gehen schon allein deswegen laxer mit dem Risiko um. Klar, es ist meine Schuld. Ich hätte mehr auf sie eingehen müssen."

„Das verstehe ich", antwortet Carla. „Ich fahre demnächst mal nach Frankfurt und rede von Frau zu Frau mit ihr."

Herbert strahlt sie an. „Echt, das würdest du für mich tun? Kannst auch die Gurke nehmen, dann bist du schneller da."

„Danke, ich nehme lieber den Zug. Herbert, Tommy und ich hatten auch mal über ein Jahr Funkstille. Ganz am Anfang. Und keiner von uns hat daran geglaubt, dass es wieder so großartig wird. Aber es kann auch sein, dass es vorbei ist. Das kann dir keiner seriös prognostizieren. Lass ihr Zeit."

3. August: Eigentlich habe ich jetzt wieder Zeit für unser Unternehmen. Aber das ist gar nicht nötig. Wir haben ein ökonomisches Perpetuum mobile erfunden.

7. August: Die Welt steht Kopf. Die Gonim haben ihren Besuch auf der Erde angekündigt. Herbert wird mit den Vorbereitungen beauftragt. Da hat er wenigstens was zu tun, das ihn von Eva ablenkt. Die Nachricht verbreitet sich wie ein Lauffeuer bis ins letzte Dorf in Papua-Neuguinea. Die Gonim wissen schon, dass es noch funktionierende Munition auf der Erde gibt, aber sie gehen das Risiko ein, dass irgendein durchgeknallter Heini auf sie ballert. Alt-Munition wird es auch in zwanzig Jahren noch geben.

Die Amis, die Chinesen und die Russen balgen sich um die Ehre, dass die Gonim bei ihnen zuerst erscheinen. Aber die entscheiden sich für Tibet.

15. August: Für Herbert hat die Ankündigung viele Vorteile. Er fliegt jetzt ganz offiziell mit der Gurke herum. Parkt sie in Konstanz über der Marktstätte und beamt sich runter, um einen Cappuccino zu trinken. Er muss die Gurke nicht mehr einbuddeln und wir werden unseren Schandfleck im Garten los, die angebliche Swimmingpool-Baustelle. Er macht das auch in anderen Städten und erregt viel Aufsehen. Carla kann ihn mit Mühe davon abhalten, sie in Berlin vor dem Reichstag zu parken. Kindskopf, elendiger.

24. August: Herbert ist wieder dauerhaft in seine Wohnung gezogen. Anfangs hat er die Gurke direkt vor seinem Balkon geparkt. Das gab Ärger mit den Nachbarn. Jetzt hat er sie in die Tiefgarage gebracht. Blockiert leider vier Besucherparkplätze, weil sie da quer steht. Die Hausverwaltung hat ihm das untersagt. Da Herbert wegen Eva schlecht gelaunt ist, hat er das gesamte Personal der Hausverwaltung aufs Dach hoch gebeamt. Es ist zum Glück ein Flachdach.

28. August: Sibirien spaltet sich von Russland ab. Die Katalanen haben Spanien verlassen. Sie bleiben aber in der EU. In Bayern gibt es ernsthafte Anstrengungen, sich von der Bundesrepublik zu trennen.

29. August: Herbert ist ja seit dem glücklichen Ende der Entführung ein Häuflein Elend. Als ein Schreiben vom Luftfahrtbundesamt bei ihm eintrifft und eine Zulassung für die Gurke von ihm verlangt, erlebe ich eine totale Veränderung an ihm. Er läuft erst rot an, sieht aus wie ein Behälter, in dem der Innendruck rasend schnell ansteigt. Der Druck entlädt sich prustend in einem Lachanfall. Und er kann gar nicht aufhören damit. Dann kommen die Tränen und am Ende ein Erstickungsanfall. Ich muss ihm den Rücken klopfen. Nach fünf Minuten atmet er wieder halbwegs normal.

„Ich werde mich in deren IT mal umsehen. Nächste Woche kommen die Gonim mit einem großen Schiff, das etwa einen Kilometer lang ist. Wenn das Bundesamt nicht brav ist, beamen wir das ganze Amt da rein und schicken es ins Paralleluniversum. Da können sie dann weiterarbeiten. Ich fürchte, die müssen lernen, was *höhere Macht* bedeutet."

2. September: Nachdem Herbert auch die nordkoreanischen Atomwaffen lahmgelegt hat, schnappen sich die Amerikaner den Dicken, obwohl sie auch ohne Außenpolitik gut beschäftigt sind.

Die Staaten an der US-Ostküste haben sich abgeseilt – sie mögen die Politik des Präsidenten nicht. Er muss umziehen, da Washington jetzt nicht mehr in den USA liegt. Er wählt Kansas, da ist er beliebter.

5. September: Es gibt weitere politische Auflösungserscheinungen. Die Provinz Xinjiang spaltet sich von China ab. Die Chinesen haben keine Mittel mehr, sie zu halten, und die Uiguren mögen sich nicht weiter unterdrücken lassen. Tibet sagt sich gleich mit los.

Südtirol und Sardinien trennen sich von Italien. Sie hätten die Schnauze voll von dem Chaos und der Korruption. Sie schließen sich zu Satirol zusammen.

8. September: Kalifornien hat die Nase voll vom amerikanischen Präsidenten und nabelt sich ab.

10. September: Die NATO wird wegen Geld- und Waffenmangel geschlossen. Das freut den russischen Präsidenten, denn dem hat die Ausdehnung der NATO nach Osten von Anfang an gestunken. Er verkauft es als großen

Erfolg. Dass er auch nichts mehr zum Ballern hat, erwähnt er nicht.

20. September: Der große Tag ist da. Die Gonim kommen offiziell auf der Erde an. Sie schweben publikumswirksam in einem schicken Raumschiff ein und lassen sich im TV interviewen. Zu den aktuellen politischen Ereignissen äußern sie sich nicht, lachen nur.

28. September: Ein politischer Kommentator schreibt, die Welt gerate völlig aus den Fugen. Die Amerikaner, die Chinesen und die Russen hätten keine Waffen mehr und seien deswegen auch keine Supermächte mehr. Die neue Supermacht lache sich ständig scheckig, wolle eigentlich immer nur nackt herumlaufen und interessiere sich für Segeln, Surfen und Tiefschneefahren. Und sie machten ständig das *Hang-Loose*-Zeichen.

20. Oktober: Nachdem sie sich die ganze Welt angesehen haben, verlegen die Gonim ihre Station fix nach Tibet. Der Dalai-Lama freut sich. Er hat ihnen sogar angeboten, Skilifte zu bauen, aber das haben sie abgelehnt. Sei nicht umweltverträglich. Haben ja Gurken.

28. Oktober: Die Gonim bauen in Portugal ein Werk für Quantenmechanik. Sie könnten nicht mehr zusehen, wie die Erde weiter verdreckt würde. Mit ihren Modulen könnte man alles antreiben, hundertprozentig klimaneutral.

6. November: Carla ist etwas traurig. Ralf wurde nach Goni eingeladen, zu einem Quantenlehre-Kurs. Ich bin stolz auf meinen Sohn.

15. Dezember: Wir feiern Lisas Approbation. Ich bin stolz auf meine Tochter.

18. Dezember: Herbert wirkt nicht mehr ganz so traurig wie am Anfang der Trennung. Ja, die Zeit heilt eben doch alle Wunden. Aber ich habe die Hoffnung noch nicht aufgegeben. Welche Frau könnte Herbert widerstehen?

20. Dezember: Carla war bei Eva in Frankfurt und kommt mit guten Nachrichten zurück. Eva und Herbert haben sich heute Abend in dem Restaurant verabredet, in dem sie sich zum ersten Mal getroffen haben.

24. Dezember: Weihnachten mit Eva und Herbert. Ralf ist noch auf Goni, hat aber ein Video geschickt, damit die Mama nicht ganz so traurig ist. Lisa verkündet, sie ginge auch nach Goni. Hat eine Einladung zum Kurzstudium Physik bekommen. Drei Minuten. Neue galaktische Methoden eben.

So ganz scheinen sich Eva und Herbert noch nicht wieder eingekriegt zu haben. Sie halten sich bedeckt. Aber Herbert wirkt nicht mehr ganz so unglücklich.

Eines muss heute mal laut und deutlich gesagt werden: Die Welt hat sich sehr zu ihrem Vorteil verändert, seit Herbert als Entwicklungshelfer aufgetaucht ist. Es gibt praktisch keine Kriege mehr. Natürlich liegen noch jede Menge intakte Minen in der Erde herum, aber nachdem keine neuen mehr hinzukommen, sieht man eine Chance, dass die Anzahl langsam sinkt. Und die Kriminalität hat schlagartig abgenommen — weltweit.

Herbert hat uns allen ein Geschenk gemacht: Einmal Mars hin und zurück. Geil. Meine Neugier auf Goni steigt. Vielleicht in zwanzig Jahren, so als kleine Lebensverlängerung. So lange halte ich mich auf der Erde fit, oder ich versuche es. Mehr Bewegung, weniger Wein. Wobei: Der Bio-Wein von Carlos Weingut schmeckt wirklich lecker. Zehn Kisten hat er uns geschickt.

Auf jeden Fall war das ein sehr schönes Weihnachten.

2. Januar: Lese gerade einen Kommentar. Die Welt habe sich von den Gonim mehr erwartet. Dass sie nämlich überall alles regeln würden. Und was machen die? Nichts außer Skifahren und Spaß haben.

Das ist ja eben die Kunst, dass man nicht jeden Scheiß regeln muss.

Einmal haben sie aber doch etwas geregelt. Da hat ein Diktator in Afrika angefangen, auf sein Volk ballern zu lassen, und zwar mit alter intakter Munition. Und, zack, waren sie da, die Gonim. Haben die Soldaten kurz in eine halbkugelförmige Wolke gehüllt und den Diktator zu unseren Mafiosi ins Paralleluniversum namens Hölle geschickt. Basta. Fall erledigt - nachhaltig. Manche regen sich schon wieder auf, dass der arme Mann keinen Prozess bekommen hat.

4. Januar: Das Luftfahrtbundesamt hat für alle Luftfahrzeuge aus Goni eine pauschale Ausnahmegenehmigung erteilt. Deutschland eben. Ordnung muss sein.

21. Januar: Herbert taucht heute früh überraschend bei uns auf. Mit Eva. Beide strahlen um die Wette. Hab ich doch immer schon gesagt!

ÜBER DEN AUTOR

ich wurde 1951 in Bad Homburg geboren und landete mit sechs Jahren in Freiburg. Wollte eigentlich Viehdoktor werden, aber da hätte ich wegen des damaligen numerus clausus und meines doch nicht so wahnsinnig guten Abiturs sehr lange warten müssen. Absolvierte einen Monat ein Praktikum in der Tierklinik. Habe dann angefangen, Volkswirtschaft zu studieren – was eher langweilig klingt.

Ich habe damals zwei Dinge beschlossen: 1. nicht mein ganzes Leben das Gleiche zu machen und 2. irgendwann einmal ein Buch zu schreiben. Ich wusste aber nicht genau, warum.

Dann bin ich Wirtschaftsjournalist bei einer großen Nachrichtenagentur geworden. War spannend. Bin danach zu einer amerikanischen Management-Consulting-Firma gegangen. Das war wieder sehr interessant. Aber nach ein paar Jahren wollte ich mich selbständig machen. Unbedingt. Irgendwann hatte ich dann ein IT-Systemhaus, haben viel Software gemacht.

Ich mache gern spannende Sachen, Thriller. Mir liegen Wirtschaftsverbrechen, Geldwäsche, Schwarzgeld etc. am besten gekoppelt mit Erpressungen und mafiösem Verhalten.

Meine anderen Bücher –

- Schoofseggl
- Drecksgeschäft
- Koks im Kiel
- Herbert – Aliens und parallele Welten
- Herbert und die letzte Atombombe

findet man beim Verlag Oertel und Spörer sowie auf

https://axelulrich.com

Printed in Poland
by Amazon Fulfillment
Poland Sp. z o.o., Wrocław

31157683R00119